신이 되려 한 슈퍼컴퓨터

에세데우스

라의연 지음

Seedbook 씨드북

혼돈과 암흑만이 가득했던 우주에 큰 빛이 나타났다. 큰 빛이 빛으로 최초의 천사를 지으니 그의 이름은 '에이톰'이었다. 큰 빛은 에이톰을 통해 천국에 존재할 천사를 짓고자 하였고 때가 될 때까지 에이톰에게 기다리라 명하였다.

영겁의 시간이 흘렀다. 에이톰은 기다림에 지쳐 큰 빛의 명을 어기고 직접 피조물을 창조했다. 하지만 에이톰이 만들어 낸 건 검붉은 얼굴에 하얗게 센 머리카락, 돼지의 귀, 그리고 잠자리의 날개를 가진 끔찍한 괴물인 데몬이었다. 솔방울 조각 같은 데몬의 피부에선 끊임없이 고름이 뚝뚝 떨어져 나와 악취가 진동했다. 에이톰은 두려움에 휩싸여 데몬을 데리고 블랙홀 속으로 도망치지만 데몬을 키우는 내내 빛의 세상을 한시도 잊을 수 없었다. 데몬이 장성하자 에이톰은 빛의 세계로 돌아가기로 마음먹었다. 하지만 혼자 남고 싶지 않았던 데몬은 에이톰을 말리다가 실수로 그만 죽이고 말았다.

에이톰의 소멸에 크게 낙심한 큰 빛은 에이톰의 형상으로 그를 대신할 천사를 다시 지었다. 바로 쌍둥이인 루시퍼와 미카엘이었다. 그러나 루시퍼는 점차 교만과 허영에 매몰되기 시작했다. 그리고 마침내 큰 빛이 흙으로 인간을 지어 그들의 영혼을 천국에 들이려 하자 이에 불만을 품은 천사들을 선동해 검은 날개를 달아 주며 천상반란을 일으켰다. 그때 암흑의 지배자 데몬은 루시퍼를 지원해 천국은 빛과 어둠으로 분열된다.

하지만 루시퍼는 미카엘과의 전투에서 크게 패해 무저갱에 갇히고 만다. 큰 빛이 데몬을 소멸하려 하자 데몬은 자신의 본대를 이끌고 블랙홀 속으로 꽁꽁 숨어 버렸다. 그 후로 데몬은 감히 신의 세상에 두 번 다시 나설 엄두조차 내지 못했다.

먼 훗날 갑자기 슈퍼컴퓨터 한 대가 데몬의 주의를 끌기 전까지는 말이다. 데몬은 세상을 바꿀 엄청난 계획을 떠올리며 회심의 미소를 지었다.

목 차

프롤로그 006

1. 핑키와 아기 천사들 012

2. 첫 임무 029

3. 백조들의 천국 033

4. 문제아 3인방 042

5. 흑익세력 055

6. 함정 062

7. 바벨탑 070

8. 에세데우스 086

9. 대반격 094

10. 데이비드와 핑키 103

에필로그 113

『신이 되려 한 슈퍼컴퓨터 에세데우스』의 세계관 116

프롤로그

1004100410041004100410041004층, 까마득하게 솟아 있는 천사청 본부 건물 앞으로 빨간색 단발머리에 깡마른 몸매를 지닌 한 천사가 다가섰다. 천상 나이로 열다섯 먹은 새내기 수호천사 '앨'이었다. 앨은 잔뜩 긴장한 얼굴로 본부 건물을 올려다봤다. 크리스털로 지어졌다더니 과연 건물 전체가 거대한 유리 성 같았다. 크리스털의 푸른빛이 하늘색과 비슷해 어디까지가 건물이고 어디부터가 하늘인지 구분조차 되지 않았다.

천사청 본부의 입구는 건물 맨 꼭대기에 있었다. 그래서 이곳에 들어가려면 날아서 가는 수밖엔 없었다. 날개가 없는 일반 하늘 사람들은 당연히 들어갈 수 없는 구조였다. 앨은 수호천사 사관학교 졸업식 때 받은 정식 깃털 날개를 살짝 펴 보았다. 사용자에 맞추어 특별 제작된 날개라 조그마한 움직임에도 민감하게 반응했다. 앨은 건물에 비친 자신의 모습을 힐끗 쳐다보았다. 정식 깃털 날개는 사관학교 다닐 때 받은 훈련용 날개와는 비교도 안 될 정도로 풍성한 깃털을 자랑했다.

하늘 사람들 몇이 웅성대며 앨 주위로 몰려들었다. 앨은 자기도 모르게 어깨에 으쓱 힘이 들어갔다. 하늘 사람들에게 수호천사는 존경과 선망의 대상이었다.

"어머, 저기 찬란한 빛 가루들 좀 봐."

"가까이서 수호천사를 직접 보다니, 이런 영광스러운 일이……."

"저기 까마득하게 높은 곳에 자리한 천사청 본부 입구로 날아드는 수호천사들을 본 적은 있지만, 수호천사가 이렇게 가까이서 날개를 편 모습은 처음이야."

"정말, 아름다워. 저 깃털들 좀 봐. 눈이 부셔서 쳐다보지도 못할 정도야."

하늘 사람들이 앨 주변에서 부러워하며 수군댔다. 앨은 짐짓 아무렇지도 않은 듯 행동하려 했지만 으스대고 싶은 마음이 자꾸만 스멀스멀 기어 나오려고 했다.

'멋지게 날아오르는 모습까지 보여 주면 모두 까무러치겠지? 큭.'

앨은 날개 끝에 살짝 힘을 주었다. 날개 깃털이 바람을 일으키며 앨을 공중으로 살짝 띄웠다. 하늘 사람들이 "와아" 하고 환호를 보냈다. 이에 고무된 앨은 수직으로 날아오르기 위해 과감하게 날개를 휙, 한 번 저었다. 그러자 그만 앨의 몸이 갑자기 기울며 바닥으로 곤두박질쳐 버렸다.

"아이쿠!"

앨이 외마디 비명을 질렀다. 하늘 사람들은 깜짝 놀란 표정으로 앨을 쳐다봤다. 우아한 수직 이륙을 위해선 양쪽 날개에 같은 양력을 배

분하는 것이 필수다. 이는 고도의 정신 집중이 필요한 일이기도 했다. 그런데 하늘 사람들 앞에서 과시하고픈 마음이 앞서 왼쪽 날개에 너무 과중한 힘을 실어 버린 것이 화근이었다. 앨은 당황스러움에 얼굴이 화끈댔지만 아무 일도 없었던 듯, 마치 일부러 그랬다는 듯한 표정으로 자리에서 천천히 일어섰다. 앨이 혹시 다치지나 않았을까 염려하고 있던 하늘 사람들의 표정이 안도감으로 다시 밝아졌다. 앨은 잠시 숨을 고른 뒤 깃털 날개를 다시 활짝 폈다.

"쒸익!"

바람 소리와 함께 앨이 빛보다 빠른 속도로 하늘 높이 솟구쳤다.

'아뿔싸!'

이번엔 너무 많은 양력을 날개에 싣고 말았다.

1004100410041004100410041004층짜리 천사청 본부 꼭대기마저도 발아래 까마득하게 멀리 보일 만큼 대책 없이 너무 높이 날아올라 버렸다. 당황한 앨은 엉겁결에 양 날개에서 힘을 갑자기 쭉 빼 버렸다.

'이런……!'

앨은 날아오르던 속도보다 훨씬 더 빠른 속도로 추락하기 시작했다. 앨의 얼굴빛이 샛노래졌다. 앨은 날개를 최대한 넓게 펴 흔들며 맞바람을 일으켜 보았지만 소용없었다. 속도가 전혀 줄어들지 않았다. 앨은 서둘러 날개 끝을 보았다.

'아, 이를 어째…….'

공기 저항을 조절하는 깃털이 한데 뭉쳐져 있었다. 감속 기능이 제대로 작동할 리가 없었다. 꼼꼼한 깃털 관리는 수호천사의 필수 덕목이었다. 하지만 앨은 정식 날개를 받고는 들뜬 마음에 날개 관리는 신경조차 쓰지 않았다. 눈 한 번 깜빡일 새도 없이 본부 옥상이 앨의 코앞으로 다가왔다. 앨은 그냥 눈을 질끈 감아 버렸다. 이렇게 떨어지면 백발백중 큰 부상을 입을 수밖에 없었다. '첫 임무를 받기도 전에 하늘 병원 신세부터 지게 되는구나'라고 생각하니 앨은 허탈하기 짝이 없었다.

"……."

어딘가 부러지는 소리를 예상하던 앨은 한참이 지나도 아무 일이 없자 의아해하며 눈을 떴다. 앨은 큰 물방울 안에 든 채로 천사청 본부 옥상 바닥 위에 살짝 떠 있었다. 앨이 물방울 안쪽 면에 손을 대자 물방울이 톡 터지며 발이 살며시 바닥에 닿았다.

"공기 저항 깃털도 제대로 관리 안 해 놓고 뭘 한 거야?"

앳돼 보이는 수호천사가 앨의 머리 바로 위에서 풍성한 깃털 날개를 살랑살랑 흔들며 앨을 내려다보면서 말했다. 꽉 다문 입술과 파란 눈동자, 갈색의 기다란 곱슬머리, 그리고 좀처럼 웃지 않을 듯한 차가운 인상을 지닌 소년이었다.

"나 아니었으면 어쩔 뻔했어? 그렇게 아무렇게나 떨어졌다간 한 몇 년은 하늘 병원 신세를 면치 못했을 거야. 날개 관리는 기본 중의 기본이란 거 몰라? 설사 날개에 문제가 생겼어도 비상 착륙을 위한 물방울 쿠션 대처법 정도는 알고 있었어야지."

'아, 물방울 쿠션 대처법…….'

"표정을 보니 생각조차도 못한 모양이군."

"아니…… 그게……."

앨은 변명을 하고 싶었지만, 속사포처럼 쏘아 대는 소년의 꾸짖음에 주눅이 들어 아무 말도 생각나지 않았다. 소년의 말투 속엔 자신을 얕보는 듯한 느낌도 깔려 있어서 앨은 기분이 언짢아지기 시작했다.

"어쨌든, 인사나 하지. 나는 앤이라고 해. 넌?"

소년이 뜬금없이 오른손을 쑥 내밀며 악수를 청했다.

"……앨……."

앨은 앤의 기세에 눌려 기어들어 가는 목소리로 대답했다.

"앞으로 조심하라고 한 이야기야. 목소리 좀 높였다고 그렇게 기가 죽으면 어떡하니?"

조금 전까지만 해도 자못 거만해 보이던 앤의 표정이 어느새 다소 온화하게 바뀌어 있었다.

"수호천사 생활한 지는 얼마나 됐니?"

"오늘이 첫 출근……."

"어쩐지."

'어쩐지?'

별로 좋은 어감은 아니었지만 앨은 그냥 못 들은 척했다.

"따라와, 이쪽이야."

"네? 뭐…… 라고…… 요?"

"말을 놓으려면 놓고 올리려면 확실하게 올리고."

"네, 잘, 잘못…… 했습…… 니다."

"하하하하하하."

"……."

앤이 크게 소리 내어 웃자 앨의 얼굴이 새빨개졌다. 또 무슨 실수를 했나 싶어 머리를 굴려 보았지만, 딱히 떠오르는 건 없었다.

"우리끼리는 서로 존댓말 안 써도 돼. 너나 나나 어차피 구품 평천사 신분이니까. 사관학교 다닐 때 분명 천상국 품계에 대해서도 배웠을 텐데, 아마도 수업 시간에 졸기만 한 모양?"

그러고 보니 앤의 머리 뒤 원광의 색깔이 자신과 같은 회색빛이었다. 겨를이 없긴 했지만, 미처 앤의 품계를 확인할 생각조차도 하지 못한 게 내심 약이 올랐다.

'잘났어, 증말.'

앨은 혼잣말로 궁싯대며 입을 슬쩍 내밀었다. 뭐, 그렇다고 전혀 기분이 나아지지는 않았다. 그냥 소심한 반항일 뿐이었다.

1

핑키와 아기 천사들

천사청 본부 입구에 들어서자 안내 데스크가 보였다.

“저기 핑크색 머리 하신 분 보이지? 안내 데스크 담당자야. 우린 그냥 핑키 누나라고 불러. 넌 핑키 언니라고 부르면 될 거야. 아무리 수호천사라고 해도 본부에 드나들려면 반드시 데스크에서 출입증을 받아야 해.”

앤이 뒷짐을 쥔 채 무표정하게 턱짓으로 안내 데스크를 가리키며 말했다. 앨과 앤이 안내 데스크에 도착했을 때까지도 핑키는 입술에 분홍색 립스틱을 바르느라 여념이 없었다. 머리부터 발끝까지 모두 핑크였다. 앨은 왜 이 언니가 핑키라고 불리는지 금방 알 수 있었다. 핑키에겐 원광도 날개도 없었다. 일반 하늘 사람이란 이야기였다. 일반 사람들에겐 공직 서열인 천사 품계가 적용되지 않기 때문에 그들을 대할 때는 천상 나이에 맞추어 호칭을 썼다.

안내 데스크의 책상 아래로 핑크빛 깃털이 풍성한 날개가 앨의 눈에 띄었다. 천사청 본부 직원 중엔 일반 하늘 사람들도 꽤 많았다. 보통 이들은 일반 사무직이나 행정 지원직을 맡았다. 그들에게는 출퇴근 전용 날개가 지급되었는데, 이 날개는 오직 천상국 내에서만 사용 가능했다. 영혼 대기층이나 인간 세상에선 작동이 되지 않는 날개였다. 만약 하늘 사람이 천상국을 벗어나야 할 특별한 사정이 있으면 그 목적에 맞는 별도의 임시 날개를 따로 천사청에서 받아야 했다. 임시 날개의 빛깔이나 모양은 얼마든지 마음껏 꾸밀 수 있었지만 대부분 수호천사의 날개와 꼭 닮은 흰 날개를 선호했다. 따라서 핑크빛 날개는 천상국에서 흔히 볼 수 있는 날개가 아니었다.

"핑키 누나, 잘 지내셨어요?"

"어머, 앤! 이게 도대체 얼마 만이니?"

핑키가 자리에서 벌떡 일어나 앤을 껴안으며 앤의 이마에 키스를 퍼부었다. 앤의 이마에 핑크빛 입술 자국이 장미꽃처럼 피어났다. 좀처럼 웃지 않을 것 같은 앤의 얼굴에 언뜻 환한 미소가 번졌다. 싸늘한 첫인상 덕분에 전혀 예상치 못한 대단한 반전 미소였다.

"오늘 복귀한 거니?"

"네, 누나."

"어머, 너는 갈수록 어쩜 더 멋있어지니? 이 누나 가슴 설레게 말이야. 이번 임무는 어땠어?"

핑키가 앤 손을 연신 쓰다듬으면서 예뻐 죽겠다는 표정을 지으며 말했다. 솔직히 앨 눈에도 앤의 미소는 예쁘긴 했다. 앤의 거만스러운 태도 때문에 전혀 인정하고 싶지 않았지만 말이다. 핑키는 앤이 마치고 온 임무에 대해 무척 궁금해했다. 앨 역시 앤의 임무가 뭐였는지 궁금하긴 마찬가지였다. 곧 첫 임무를 받을 예정인 앨로선 당연한 관심이었다. 앨은 여우처럼 귀를 쫑긋 세웠다.

"제가 언제 임무 그르친 적 있나요?"

"그럼, 그럼. 우리 앤이 누군데?"

'난리 났네, 난리 났어.'

앤의 잘난 척과 핑키 언니의 맞장구가 앨의 귀에 상당히 거슬렸다.

"앤, 자, 여기 출입증."

"고마워요, 핑키 누나."

"고맙긴……. 언제 한번 이번 임무 관련해서 이야기 좀 해 줘. 수호천사들 얘기는 언제 들어도 흥미진진하단 말이야. 특히 우리 수호천사 앤의 이야기는 더더욱……."

"저도 첫 임무 마치고 와서 말씀드릴게요."

"……."

앤과 핑키가 동시에 '얘, 도대체 뭐라는 거니?'라는 눈빛으로 앨을 쳐다봤다. 앨의 가늘고 긴 목이 자라목처럼 움츠러들었다. 앤과 핑키는 별 대꾸도 없이 다시 둘만의 대화에 여념이 없었다. 앨은 완전 투명 인간, 아니 투명 천사가 된 기분이었다.

"나도 꼭 다시 한번 인간 세상에 가 보고 싶어. 수호천사 사관학교는 내 실력으론 감히 엄두도 못 내겠고, 환생이라도 신청해 버릴까?"

"그게……, 하늘 사람이니까 환생이야 원하신다면야 언제든지 가능하시겠지만……."

앤답지 않게 말꼬리를 흐렸다.

“하하하. 그냥 해 본 소리야. 한번 윤회의 틀에 들어가면 언제 다시 천상국으로 다시 돌아올 수 있을지 그 누구도 장담 못 한다는 거 나도 잘 알아. 물론 선업이 높아 하늘 사람이 되었으니 환생을 해도 성품이야 곧게 태어나겠지만, 다시 하늘 사람 자격이 주어지는 선업 점수를 쌓기 위해서 수많은 윤회를 겪어야 할지도 모를 테니까. 솔직히 그런 위험을 감당할 자신은 없어. 내가 지금의 하늘 사람이 되기 위해 겪은 고충을 생각하면 말이야.”

“네.”

“그래서 혹시 수호천사 자원봉사직으로라도 기회가 생기면 한번 지원해 볼까 생각 중인데…….”

“누나, 그것도 좀…….”

“……알아, 나도. 그래, 좀 무리겠지? 천사청의 수호천사든, 선인청의 수호선인이든, 조상청의 수호조상이든 다들 더는 일거리가 없어 천상국으로 귀환하는 마당에…….”

“……네. 인간들의 기도하는 마음이 옛날 같지가 않아서요. 게다가 아무리 거리 제한 없는 임시 날개를 달고 나간다 해도 비행 미숙으로 혹시나 인간 세상으로 추락이라도 하는 날엔…….”

“나도 잘 알아. 인간 세상에서 평생 날짐승으로 살아야 한다는 걸……. 그런데 말이야. 아주 가끔, 그렇게라도 인간 세상에 다시 한번 가 보고 싶을 때가 있어.”

"누나도 참. 이렇게 말씀하시기 좋아하는 분이 새가 되어 평생을 짹짹거리고만 살아야 하면 얼마나 답답할지 생각해 보셨어요?"

"앵무새란 것도 있잖아. 그럴 일이야 없겠지만 혹시라도 그런 상황이 생기면 이왕이면 핑크빛 날개를 가진 앵무새가 되고 싶어. 여기서 만난 아기 천사들이랑 도란도란 이야기도 하고 얼마나 좋아."

"그 상황에서도 또 핑크요? 하하하하하."

앤이 큰 소리로 웃었다. 앨도 순간 자신도 모르게 풋 하고 웃고 말았다. 핑키가 갑자기 앨에게 시선을 돌렸다.

"그런데 이 아인 누구?"

핑키가 앨을 아래위로 훑어보며 말했다. 앤을 대하던 태도와 사뭇 달랐다.

"오늘 첫 출근이래요."

"그래? 그래서 처음 보는 얼굴이었구나. 앤, 너랑 아는 사이?"

"아니요, 저도 오늘 처음 만났어요. 조금 전 본부 입구에서요. 날개 관리도 제대로 못 해서 첫 임무는커녕 하늘 병원 신세부터 질 뻔한 걸 제가 구해 줬거든요."

'잘난 척은……. 이 정도면 병이야, 병.'

앨은 입을 삐쭉 내밀며 속으로 중얼댔다.

"어쩐지……, 이름이 뭐야?"

핑키가 물었다.

"……앨, 앨이라고 합니다."

"앨앨? 그런 이름도 있어?"

"아니요, 그냥 앨…… 요."

"그냥 앨? 이름 특이하네."

"아니, 그게 아니고 앨이라고요!"

"아, 앨. 알아, 알겠다고. 왜 소리를 지르니, 넌?"

"아, 아니, 제가 언제……."

"됐고. 첫 출근이란 애가 참 예의가 없어 정말."

"……아, 그게……."

앨은 기가 막혀 말이 계속 혀끝에서만 맴돌았다. 핑키가 허공을 향해 새끼손가락을 펴 흔들었다. 그러자 핑크색 컴퓨터 화면이 핑키 앞에 융 하고 나타났다.

'맙소사, 손톱 색깔이랑 컴퓨터 화면까지도 핑크야. 도대체 뭐야, 이 언니……'라고 생각하면서도 앨은 겉으론 신기해 죽겠다는 표정으로 핑키를 쳐다봤다. 핑키는 앨의 아부가 마음에 들었는지 약간은 상냥해진 표정으로 앨에게 말했다.

"특수천 제300호 소속? 그럼 앤하고 같은 팀이네?"

"저하고 같은 팀이라고요?"

"응."

"특수천이 뭐예요?"

"……."

핑키와 앤이 동시에 앨을 한심하다는 듯이 쳐다보았다.

"왜…… 요?"

"수호천사 특수천을 몰라?"

"……네."

"앤, 네가 설명해 줘. 같이 데리고 가면서 말이야. 어차피 너도 1004층에 가야 하잖니. 난 곧 귀중한 손님들이 오기로 해서 준비를 좀 해야 해서 말이야."

"제가요? 나 바쁜데……."

'또 잘난 척.'

앨은 앤이 같은 팀이라니 앞으로 부딪칠 일이 걱정되기 시작했다.

갑자기 안내 데스크 주변이 어수선해졌다.

"오, 아기 천사님들이 드디어 도착했네. 앤, 나중에 좀 한가할 때 한 번 들러, 알았지? 오늘 아기천사교육원에서 견학을 오기로 한 날이거든. 우리 예쁜이들……."

핑키는 앨과 앤을 데스크에 남겨 두고 호들갑을 떨며 아기 천사들에게로 뛰어갔다. 아기천사교육원 보모 천사들을 잘 아는지 핑키는 그들과 친근하게 볼 키스를 나눈 뒤 언뜻 봐도 수백 명은 되는 그 많은 아기 천사들과도 일일이 포옹을 하고 있었다. 천상에서 아기 천사는 그들이 인간 세상에서 서너 살이 될 때의 모습을 하고 있었다. 그들은 모두 노란색 유니폼을 입고 있었는데 등 뒤로 나 있는 하얀색 깃털 날개가 너무 앙증맞았다. 얼마나 재잘대는지 천사청 본부 로비가 그들의 목소리로 가득 찼다.

"곧 인간 세상으로 보내질 아기 천사들이야."

앤이었다. 거들먹대던 앤의 모습이 온데간데없어졌다. 아기 천사들을 바라보는 앤의 파란색 눈동자엔 따스함이 가득했다.

"곧 인간 세상으로 보내진다고?"

"응."

"그걸 어떻게 알아?"

"관례에 따라 인간 세상으로 보내지기 30일 전에 수호령 파견 3대 기관을 방문해. 일종의 오리엔테이션을 받는다고 보면 되겠지. 인간 세상의 아기들로 태어나기 전에 수호령들이 어떤 일을 하는지도 보고, 엄마 방도 가 보고 말이야."

"인간들의 말을 배우기 시작하면 이곳의 기억들도 모두 잊게 된다고 들었는데……."

어차피 아무런 기억도 하지 못할 텐데, 이곳을 견학하는 것이 무슨 의미가 있을까 싶은 생각이 들자 앨의 마음 한구석이 살짝 아려 왔다.

"뇌가 기억하지 못한다고 혼이 알지 못하는 것이 아니야. 저 아이들의 본성 속에는 이곳의 기억 모두가 고스란히 남게 돼."

앤은 잠시 어두워진 표정의 앨을 보며 다독이듯 말했다. 앨은 잠시 고개를 끄떡이다 뭔가 생각난 듯 앤을 쳐다봤다.

"그런데 엄마 방은 뭐지?"

"자신들의 엄마가 될 사람들에게 보내지는 통로가 있는 곳 말이야. 여길 통해서 엄마 배 속 아기 몸속으로 아기 천사의 영혼이 들어가지."

"아, 아기천사출국터미널. 여기 이 건물 100410041004층에 있다고 들었는데……."

"맞아. 아기천사출국터미널은 공식 명칭이고, 보통 엄마 방이라고 불러."

"아, 그렇구나. 그럼 여기로 환생할 아기 천사들도 오는 거야?"

"물론이지. 환생을 거쳐 다시 태어나는 아기들도 신생 영혼과 똑같이 순수해. 영혼 대기층에서 심판을 받고 죗값에 상응하는 형벌을 받고 난 뒤 환생이 결정된 영혼들은 순수영혼으로 리셋된 후 천상국 아기천사교육원으로 보내지니까 말이야. 다만 차이점이 있다면……."

"환생 영혼의 경우엔 이전 인생에서 극복하지 못한 과제를 영혼 속에 심어 또 한 번의 기회를 주는 것?"

"어? 제법인데?"

"큭, 졸업 시험 문제로 나온 거라서……."

"오, 그래? 공부는 좀 했나 봐?"

'공부는? 이건 무슨 의미임?'

앨은 앤의 말 속 조사 하나에도 신경이 곤두서 눈살을 찌푸렸다. 이러다 정말 노이로제가 생길 것만 같았다.

"칭찬이야, 이번엔. 왜 인상을 쓰고 그래?"

"내, 내가 언제 인상을 썼다고……?"

앤은 천연덕스럽게 씨익 웃고는 말을 계속 이어 갔다. 아까도 느꼈지만 앤의 미소는 참 예쁘고 따뜻했다. 자주 웃으면 좋을 텐데 하는 생각이 문득 들었지만 앨은 이내 웬걸 하는 심정에 그 생각을 곧 지워 버렸다.

"그래 네 말이 맞아. 환생 영혼들에겐 이전 인생에서 극복하지 못한 과제들을 영혼 속에 심어 두지. 인간들이 다음 생에서는 그것들을 극복해 내서 더 높은 단계의 영혼으로 거듭날 수 있도록 돕는 장치라고 할 수 있겠지."

"환생 아기 천사들은 별도의 아기천사교육원으로 가는 줄 알았는데, 아닌가 봐?"

"아가원과 착각하는 거 아냐?"

"아가원?"

"영혼 대기층 내에 있는 환생 대상자 임시 거주소 말이야."

"아가원……."

앨은 순간적으로 앤의 눈치를 살폈다. 혹시나 잘 모르겠다고 하면 또 핀잔을 들을까 봐서였다.

"모르면 그냥 모른다고 하지, 왜 눈치를 보니?"

"내, 내가 언제?"

'내 마음이 보이는 거야, 아니면 눈치가 빠른 거야?' 라고 앨이 생각하자마자 앤이 말했다.

"네 마음 안 보여. 그냥 네 얼굴에 다 표가 나서 그래."

'뜨아!'

앨은 자신이 표정 관리가 잘 안 되는 건 잘 알고 있었지만, 이 정도일

줄은 몰랐다. 앞으로는 정말 조심해야 할 것 같다는 생각이 들었다. 특히 앤 앞에서는.

"너뿐만 아니야. 많이들 헷갈려 해."

앤은 의외로 친절하게 말했다.

"영혼 대기층 내에 있는 죄업심사과에서 죄업과 선업에 따라 영혼이 분류된 뒤 죄진 자들은 그에 응당한 형벌을 받고, 선업이 죄업을 초과해서 환생의 기회를 얻은 자들은 일단 모두 아가원으로 보내져. 그곳에서 영혼 정화, 즉 리셋 과정을 거치게 되는데 그 과정을 무사히 마치면 천상국 아기천사교육원으로 옮기게 되고, 그곳에서 신생 영혼들과 함께 지상으로 나갈 본격적인 준비를 해. 그래서 환생 아기 천사들 모두가 고귀한 하늘의 뜻을 품고 인간 세상에 태어난다는 것이지. 인간 세상 모든 아이가 인간 세상의 그 무엇보다도 소중하고 값진 이유가 여기에 있어. 너도 아기 천사들이 어떤 임무를 띠고 지상으로 내려가는지 잘 알 거야. 수호천사 사관학교 과목에도 있으니까."

"응, 인간 세상에 아기들로 태어나 지상과 천상국을 잇는 다리 역할을 하게 된다고 들었어. 인간 아기로 태어난 아기 천사 모두에게 우리 같은 수호령들이 배정된다는 것도 들었어. 순수한 영혼을 지닌 아기 천사가 지상에서 기도를 하면 수호령이 그 기도를 모아 천상국에 전달하니까, 아기 천사들이 다리 역할을 한다고 볼 수 있겠지."

"맞아, 그런데 저들 중 얼마나 다시 천상국으로 돌아올 수 있을까? 지금 저 영혼 그대로 말이야. 우리가 아무리 최선을 다해도 그건 결국 인간들의 손에 달린 일이란 사실 때문에 한번씩 힘이 빠져."

앨은 앤이 지금 무슨 말을 하고 있는지 잘 알고 있었다. 아기 천사들이 인간의 아이가 되어서도, 자라서 훗날 어른이 되어서도, 자신들이 하늘에서 온 존재임을 잊지 않도록 하는 것은 수호령들의 주요 업무 중 하나였다. 하지만 수호령들의 노력에도 불구하고 실상은 녹록지 않았다. 아기 천사들이 살아가야 할 인간 세상은 갈수록 수호령들이 활동하기 어려워지는 반면, 오합지졸 흑익세력이 활동하기에는 더할 나위 없이 좋아지고 있었다.

"앨, 안 갈 거야?"

앤이 앨의 어깨를 툭 치며 말했다. 눈에 다시 장난기가 어렸지만, 말투는 훨씬 부드러워져 있었다.

"응, 그, 그래."

"저기 마침 엘리베이터가 섰네."

앨과 앤은 급히 엘리베이터에 올랐다.

"딩동댕!"

은은한 종소리가 울리며 엘리베이터가 빠르게 내려갔다.

"……."

넓은 엘리베이터 안에 잠시 침묵이 흘렀다. 앨은 대화가 끊기는 걸 잘 참지 못하는 성격이라 아까 전부터 궁금하던 것을 물어보기로 했다. 또 다시 무안을 당할지도 모르지만, 아무 말 없는 것보다는 나을 듯했다.

"특수천이 뭐 하는 곳이야?

"응? 아, 특수천?"

앤의 반응이 의외로 부드러웠다.

"특수천은 특수 수호천사 팀을 일컫는 말이야. 중요하고 긴급한 기도를 우선적으로 처리해 주는 곳이야. 현재 총 9999개의 특수천 팀이 있지. 그중에 우리 팀 명칭은 특수천 300호야."

"특수천 300호?"

"응, 우리 사무실이 1004층 300호라서……."

"아!"

"특수천이라고 으쓱할 건 없어. 그냥 역할이 조금 다른 것뿐이니까."

앤은 잠시 뭔가 특별한 일을 한다는 생각에 자부심을 느끼던 앨을 여지없이 다시 깔아뭉개 버렸다. 조금이나마 친해지는 듯해 조금씩 열리던 앨의 마음속 자물쇠가 다시 철커덩 잠겼다.

'그럼, 그렇지. 해삼 멍게 말미잘 지렁이 파리 같은 자식.'

"딩동댕!"

은은한 종소리와 함께 엘리베이터가 1004층에 멈춰 섰다.

"앤, 오래간만이야. 임무 잘 완수했단 이야기 들었어. 축하해!"

1004층에 내려서자마자 누군가가 멀리서 앤에게 말을 건넸다. 곧 여기저기서 수많은 수호천사들이 앤 주변으로 몰려들었다.

'성격은 뭐 같아도 인기는 좋은가 봐?'

앨은 의아한 눈길로 동료들에 둘러싸여 있는 앤을 쳐다보았다.

"새로 온다던……?"

누군가 앨 뒤에서 말을 걸었다. 앨은 깜짝 놀라며 뒤돌아보았다. 맑은 에메랄드빛 눈동자를 가진 금발 여자 천사가 서 있었다. 원광 빛깔이 노란색, 그렇다면 자그마치 5품 천사란 이야기였다.

"아, 미안. 놀라게 했다면 쏘리. 특수천 300호 팀장, 미켈라라고 해. 만나서 반가워, 앨 맞지? 기다리고 있었어."

"아, 네. 안녕하세요? 앞으로 잘 부탁드립니다."

"내가 잘 부탁드려야지. 앤하고는 벌써 인사를 나눈 모양이지?"

"아, 네."

"잘됐네."

"네?"

"자네하고 한 조로 일할 친구니까."

"네?"

"앞으로 당분간 자넨 앤의 임무를 돕게 될 거야. 훌륭하고 능력 있는 천사니 많이 배울 수 있을 거야."

"그게……."

"무슨 문제라도 있어?"

미켈라 팀장은 앨의 어두워진 표정을 그냥 지나치지 않았다.

"그게……."

"팀장님! 여기 계셨네요."

앨이 막 자초지종을 이야기하려는 찰나 갑자기 수호천사 한 명이 허둥대며 나타났다.

"무슨 일이야?"

"지상에서 임무 수행 중이던 수호천사 한 명이 긴급 구조 요청을 해 왔습니다."

"구조 요청?"

"네, 팀장님. 흑익세력이 공격을 해 왔다면서……."

"흑익세력이 수호천사를 공격해? 그게 무슨 말이야?"

"그 이상은 확인하지 못했습니다. 영기교신이 끊겨 버리는 바람에……."

"영기교신이 끊겨? 거참. 긴급 요청을 한 수호천사는 누구야?"

"켈라 님입니다."

"켈라 님? 켈라 님이라면 6품 천사님으로 능천사 출신이신 분?"

앤이 대화에 갑자기 끼어들었다.

"그래, 앤. 자네도 능천사 출신이니까 켈라 님을 잘 알지도 모르겠군."

'앤이 능천사 출신이라고?'

앨은 앤이 능천사 출신이란 말에 깜짝 놀랐다. 다른 부서의 천사들을 경력직 수호천사로 특채하는 경우가 가끔 있다는 이야기를 듣기는 했지만 능천사 출신은 정말 드문 경우였다.

"잘 알지는 못해. 그냥 이름만 전해 들은 정도야."

"능천사 출신인 켈라 천사가 도움을 요청했을 정도라면 이거 보통 일이 아닌데? 하늘군대에 보고는 했지?"

미켈라 팀장이 심각한 표정으로 말했다.

"네, 팀장님. 그런데 지금 당장 구조대 파견은 힘들다고 합니다. 일단 급한 대로 저희 팀만이라도 구조에 나서려고 했는데, 문제는 모두 내근직 수호천사들만 남은 상태라서……."

"……."

미켈라 팀장의 얼굴이 어두워졌다.

"팀장님, 제가 가겠습니다."

그때 앤이 나섰다.

"힘들지 않겠어? 이제 막 귀환했는데 말이야."

"아닙니다. 지금 이것저것 따질 때가 아닌 것 같습니다. 현장을 봐야 어떤 일이 벌어지고 있는지도 확실히 알 수 있을 것 같고요. 일단 제가 내려가서 상황을 확인해 보겠습니다. 팀장님께선 나중에라도 하늘 군대의 구조대가 가동되면 바로 다시 지원 병력 좀 요청해 주시길 부탁드립니다."

"알았어. 참, 앨도 함께 데려가."

"네?"

앤이 뜬금없다는 표정으로 팀장을 쳐다봤다.

"자네와 한 조야. 항상 자네만 혼자라고 불평했잖아."

"아……, 네."

"왜, 무슨 문제라도 있어?"

앤의 떨떠름한 표정을 본 미켈라 팀장이 생뚱맞다는 듯이 앤을 쳐다보았다.

"아, 아닙니다."

앤은 무슨 말을 하려다 금세 입을 닫아 버렸다. 다른 동료들은 모두 2인 1조가 되어 임무를 수행하는 데 반해, 앤은 짝이 맞지 않아 혼자서만 임무를 수행해 왔다. 혼자라 외롭다며 너스레를 떨긴 했지만 사실은 혼자가 더 편했다. 더군다나 지금은 비상 상황이지 않은가? 과연 사관학교를 갓 졸업한 새내기까지 신경 써 가며 임무를 무사히 수행할 수 있을지 의문이었다. 하지만 팀장 앞에서 그 말을 할 수는 없었다.

2

첫 임무

앤과 앨은 전속력으로 영혼 대기층을 통과해 켈라와 마지막 교신이 된 지역에 도착했다. 앨과 앤은 영기교신으로 켈라와 교신을 시도했지만 아무런 반응이 없었다.

"앨, 정신 바짝 차려. 분위기가 좀 이상해."

앨도 이미 이상한 분위기를 느끼고 있었다. 뭐라고 딱 꼬집어 말할 수는 없었지만, 결코 달가운 분위기가 아닌 것만은 확실했다. 달빛은 짙은 먹구름에 완전히 가려져 있었고 마침 인간들의 도시 역시 정전이 되어 있었다. 하늘과 땅 모두가 칠흑 같은 어둠 속에 빠져 있었다.

"켈라 님의 영기가 전혀 포착되지 않아. 이 주변을 샅샅이 훑어보는 수밖에 없을 것 같아. 이렇게 둘이 함께 돌아다니는 것보다 방향을 정해서 각각 나누어 찾는 게 좋겠어."

"응, 알았어. 내가 어느 쪽을 맡을까?"

앨이 잔뜩 긴장한 표정으로 말했다.

"앨, 너는 동남쪽을 한번 살펴봐. 나는 서북쪽을 한번 살펴볼게. 너무 멀리 가지는 말고. 무슨 일이 있으면 바로 나한테 알려 줘. 알았지?"

"알았어."

"앨……."

"응?"

"조심해."

앤의 파란 눈에 앨을 염려하는 마음이 가득 담겨 있었다. 앨은 자기도 모르게 울컥 눈물이 나오려 했다.

"응, 걱정하지 마. 이래 봐도 나 수호천사 사관학교 차석 졸업생이야."

"……그래."

앨이 씩씩하게 대답하자, 앤이 씩 웃어 보이며 엄지 척을 해 보였다. 그들은 곧 각기 다른 방향으로 빛보다 빠른 속도로 날아갔다. 그들이 날아간 자리 뒤로 빛 가루들이 불꽃처럼 흩날리다가 이내 사그라졌다.

"어때, 그쪽은?"

앤이 영기교신을 보내왔다.

"켈라 님의 영적 흔적이 그 어디에도 없어. 거긴 어때?"

"여기도 마찬가지야. 무슨 일이 있던 게 분명해. 공기 속에 그들의 기운이 많이 스며들어 있어."

"그들?"

"흑익세력……."

"앤, 너는 그들을 직접 만나 본 적이 있어?"

"응, 왜 무서워?"

"무섭긴……. 감히 빛의 존재인 우리를 걔들이 어떻게 할 수 있겠어. 어둠은 빛을 이길 수 없잖아."

"그래, 맞아. 그래도 상황이 상황이니만큼 방심하지 말고 그들을 발견하는 즉시 나한테 알려 줘, 알았지?"

"응, 알았어. 아, 잠깐만 누군가의 목소리가……."

"누군가의 목소리?"

"응."

"아이 목소리야. 너무 간절해."

"누군가 기도하는 걸 거야. 사람들의 기도 주파수 대역과 우리 영기교신 주파수 대역이 비슷해서 가끔씩 혼선이 생겨 기도가 감지되기도 해. 그 기도는 어차피 담당 수호령 파견 부서 쪽으로 접수가 될 거니까……."

"뭐? 어떡하라고?"

"지금 당장은……."

"뭐?"

"영기교신이 자꾸 끊어지는 것 같아."

"……이……… 가…… 조……."

"도대체 뭐라 그러는 거야?"

"……."

앤과 교신이 완전히 끊겨 버리자 앨의 표정이 잔뜩 굳어졌다. 앨은 영기교신이 끊어질 수 있다는 말은 한 번도 들어 본 적이 없었다.

'영기교신이 끊어지다니……. 앗, 아니, 또?'

또다시 앨의 심상에 그 아이의 목소리가 들렸다. 하지만 무슨 말을 하는지 알아들을 수가 없었다. 앨은 앤과의 영기교신이 끊겼는데도 이 아이의 기도가 여전히 감지되는 것은 이 기도의 간절함이 그만큼 더 크다는 걸 반증하는 것이 아닐까 생각했다. 비록 앤이 무시하라고 했지만 앨은 무시할 수가 없었다. 앨은 속도를 늦추고 천천히 하강하며 기도가 어디에서 오는지 살폈다.

이윽고 앨의 심상에 한 소년이 느껴졌다.

지면에 가까워지자 기도가 더 선명하게 느껴졌다. 이내 소년에 대한 모든 것이 한순간에 앨에게 전해졌다. 아이의 이름은 숀이었다. 앨의 얼굴이 갑자기 창백해졌다. 숀의 기억 속에 켈라 천사의 모습이 잠시 보였는데, 흑익 무리가 켈라 천사에게 겹겹이 들러붙어 있었다. 앨은 숀의 영혼에 각인된 켈라 천사의 기억에 마음을 집중했다. 숀이 켈라 천사와 영혼선이 이어져 있었을 때 켈라의 심상에 있던 기억들이 숀의 무의식 속에도 자동으로 저장이 되어 있었다. 앨은 덕분에 켈라 천사에게 어떤 일이 벌어졌는지를 단숨에 파악할 수 있었다. 켈라가 이곳에 처음 도착한 바로 그 순간부터…….

3

백조들의 천국

켈라가 도착한 곳은 오스트레일리아 멜버른의 교외 지역에 있는 인공 호수였다. 멀리서 새 떼 한 무리가 어떤 소년을 향해 달려가는 것이 보였다. 켈라는 이 소년의 할아버지인 조지프의 수호천사였다. 현재 죄업 심사를 앞두고 영혼 대기층에 머무르고 있는 조지프는 지상에 남겨 둔 아들 가족이 잘 지내고 있는지 마지막으로 한 번만 봐 달라고 켈라에게 부탁을 했다. 특히 하나뿐인 손자 안부를 많이 궁금해했다. 조지프는 죽을 때까지 켈라의 보호 아래 아주 선한 삶을 살았다. 의사이던 그는 평생 동안 가난하고 병든 사람들을 위해 봉사하는 삶을 살았다. 그래서 그에겐 죄업 심사는 형식적인 절차에 불과했다. 조지프는 별 어려움 없이 하늘 사람이 될 것이었다. 켈라는 조지프를 평생 잘 인도한 공로를 인정받아 특별 휴가를 받았고, 휴가 동안에 조지프의 부탁도 들어줄 겸 겸사겸사 조지프의 아들, 피터를 찾은 것이었다.

"데이비드, 저기 봐! 정말 대단하지 않니?"

피터가 입을 떡 벌린 채 감탄에 겨워 소리쳤다. 새들 수백 마리가 호수 표면을 동시에 박차며 소년 쪽으로 달려오고 있었다. 새들의 빠른 발놀림에 물이 찰팍대는 소리가 새 울음소리에 뒤섞여 엄청난 소음을 만들어 냈다. 데이비드는 잠시 두 손으로 귀를 막았다. 켈라 천사는 그들 머리 바로 위에서 주변을 맴돌았다.

토요일 아침이면 언제나 데이비드는 아빠와 함께 이 호수를 찾았다. 동네 사람들은 백조들이 이 호수로 날아든 1년여 전부터 이 호수를 '백조들의 천국'이라 불렀다. 데이비드는 아빠와 함께 이곳에 올 때마다 먹다 남은 식빵을 가져와 새들에게 나눠 주었다. 데이비드는 새들이 시끄럽게 지저귀며 물 위를 헤엄쳐 다니는 모습을 보는 것이 좋았다. 새들도 어느 날부턴가 데이비드를 알아보기 시작했다. 토요일 아침이면 양손에 한가득 식빵을 들고 나타나는 데이비드를 새들도 기다리는 것 같았다.

"배고프지?"

데이비드는 호수에 도착하자마자 식빵을 새들이 먹기 좋은 크기로 잘게 뜯어 새들 쪽으로 던졌다.

"데이비드!"

"네?"

아빠가 데이비드 뒤를 가리켰다.

"아!"

아기 백조들이 데이비드 뒤쪽에 옹기종기 줄지어서 데이비드가 돌아보기만을 기다리고 있었다. 데이비드는 앞쪽으로 몰려든 다른 새들에게 빵 부스러기를 던져 주느라 뒤에 아기 백조들이 와 있는지 알아채지 못했다. 아기 백조들이 데이비드를 올려다봤다. 데이비드는 그들이 무엇을 원하는지 잘 알고 있었다.

"여기 있어, 아가들아."

데이비드는 바닥에 한쪽 무릎을 꿇고 빵 부스러기를 알맞은 크기로 찢어 아기 백조들 바로 앞에 조심스레 뿌려 주었다. 데이비드의 손이 움직일 때마다 아기 백조들의 머리가 손을 따라 동시에 움직였다. 데이비드가 일어서자 아기 백조들이 목을 쭈욱 내밀며 데이비드를 쳐다봤다. 데이비드가 빵을 들어 왼쪽으로 움직이면 왼쪽으로, 오른쪽으로 움직이면 오른쪽으로 고개를 돌렸다. 수중 발레 선수들의 춤 동작 같았다.

"이제 없어."

데이비드가 두 손을 펴 보이며 말했다. 아기 백조들은 믿지 않는 눈치였다. 다른 새들은 이미 돌아갔지만, 아기 백조들은 여전히 데이비드 뒤를 졸졸 따라다녔다.

"다음부턴 빵을 더 많이 가져와야 할 것 같구나. 아기 백조들이 자라날수록 점점 더 많은 먹이가 필요할 거야."

"네, 아빠. 그래야 할 것 같아요."

데이비드는 아빠 손을 잡으며 말했다.

"아빠가 목마 태워 줄까?"

"정말? 야호!"

아빠가 데이비드 쪽으로 등을 돌리고 무릎을 구부리자 데이비드는 기다렸다는 듯이 아빠의 어깨 위에 올라탔다. 시원한 바람이 데이비드와 아빠의 이마를 부드럽게 어루만졌다.

“아이쿠, 우리 데이비드를 목마 태워 줄 수 있는 날도 그리 많이 남지 않은 것 같구나. 하루가 다르게 묵직해져. 하하하!”

“꼬르르륵!”

데이비드와 아빠의 배에서 동시에 소리가 났다. 둘은 잠시 멀뚱멀뚱 서로 쳐다보다 이내 큰 소리로 웃었다.

“얼른 집에 가자. 엄마가 팬케이크 만들어 둔다고 했지?”

“네, 빨리 가요. 너무 배고파요. 그리고 저 내려 주세요.”

“아니야, 집까지 이렇게 갈 수 있어.”

“배고파서 그런지 아빠가 뒤뚱댈 때마다 막 멀미가 나서 그래요.”

“그래? 하하하하하!”

아빠가 웃자 데이비드도 큰 소리로 따라 웃었다. 마침 강한 돌풍이 불면서 그들의 웃음소리가 바람에 실려 공중으로 치솟았다가 호수 표면으로 세차게 떨어졌다. 그러자 물방울이 사방으로 튀어 물 위에 떠 있던 아기 백조의 얼굴을 적셨다. 곧, 아기 백조의 모습이 구름처럼 몽글몽글 뭉쳐지더니 하얀 깃털 날개를 단 켈라 천사의 모습으로 돌아왔다.

"데이비드, 안녕!"

데이비드가 아빠 차에서 내리자마자 누군가 반갑게 데이비드에게 인사를 했다. 정아였다. 정아도 학교에 금방 도착한 듯 보였다.

"안녕, 정아!"

"지난 토요일 아침에 백조들의 천국에 갔다 왔지?"

정아는 안경을 벗어 닦으며 말했다.

"어떻게 알아?"

"차 안에서 봤어."

"그래? 호숫가에서 날 봤으면 꽤 이른 아침인데……."

"응, 매주 토요일 아침이면 한 주 동안 먹을 과일을 사러 우리 가족 모두 청과물 시장에 가거든."

"그랬구나. 참, 너도 오늘 발표 활동하는 날이지?"

"응."

"뭐에 대해 발표할 거야?"

"한국식 스시."

"한국식 스시?"

"응, 정확히 말하면 김밥이지."

"김밥?"

"응, 엄마가 그러는데 한국에선 소풍 갈 때 꼭 이걸 싸 간대. 봐, 준

비물도 이렇게 챙겨 왔어. 만드는 방법을 직접 보여 줄 거야."

"오, 냄새가 너무 좋은데?"

"그치? 애들이 좋아할까?"

"응."

"정말?"

"응, 정말로."

"큭. 고마워, 데이비드. 그런데 넌 뭐 할 건데?"

"난 인공지능 컴퓨터에 대해 발표할 거야."

"인공지능 컴퓨터?"

"응."

"그게 뭐야?"

"쉽게 말하면 스스로 학습하는 컴퓨터지. 스스로 배울 줄 아는 컴퓨터. 미래에는 아마도 인간이 감히 상상할 수도 없는 일들을 컴퓨터들이 하게 될 거야. 참, 네 부모님이 한국 분들이시니까 잘 아시겠네. 몇 해 전에 한국의 내로라하는 바둑 기사가 알파고라는 인공지능 컴퓨터하고 바둑을 둬서 1승 4패로 크게 진 적도 있었어. 하기야 그 알파고도 아론사에서 개발한 에세데우스에 비하면 아무것도 아니지만 말이야."

"에세데우스?"

"응, 신이 되라는 의미를 담고 있대."

"신이 되라고?"

"나도 아론사 홈페이지에서 본 건데, 이 슈퍼컴퓨터는 신이 되는 것

(To be a God)을 목적으로 스스로 학습을 하도록 설계되어 있대. 그래서 이 컴퓨터의 이름이 에세데우스가 되었대. 이름 뜻이 궁금해서 인터넷에 들어가 번역기로 찾아봤더니 be동사가 라틴어로 'esse', 그리고 God이 'deus'로 나오더라고. 인간의 지능에 도전한 인공지능 컴퓨터를 넘어서서 신의 경지를 추구하는 슈퍼컴퓨터라고나 할까? 사실 이 컴퓨터가 하는 일을 보면 정말 대단해."

"아, 프로그래머가 독실한 불교 신자라 이 컴퓨터를 통해서 세상에 자비가 넘치게 만들겠다고 하던……?"

"맞아, 아론이란 사람이야. 정아도 인공지능 컴퓨터에 관심 있어? 그런 이야길 다 알고, 대단한데?"

"뉴스에서 봤어."

정아가 얼굴을 붉히며 말했다.

"그래? 나는 왜 그 뉴스를 못 봤지? 어쨌든, 사실 이 슈퍼컴퓨터가 하는 일들을 보면 언젠가는 정말 사람들의 기도까지도 처리해 주는 신의 능력을 지닌 컴퓨터가 될 수도 있겠다는 생각이 들기도 해."

"설마."

"큭, 당연히 그럴 리야 없겠지. 하하하. 그래도 해 온 일을 보면 대단해. 예를 들자면 태평양 상공을 날던 비행기가 갑작스러운 오작동으로 바다에 떨어지기 두 시간 전에, 이미 비행기의 이상 신호를 감지한 에세데우스가 구조 기관에 미리 대비를 시킨 덕에 승객 380명 전원이 구조되기도 했고, 의료 기관 컴퓨터 서버 내 진료 기록들을 분석해 긴급 치료가 필요한 환자들의 명단을 추려 보건 당국에 통고했는데, 확인해 본 결과 모두 한시라도 치료가 늦어졌더라면 생명이 위태로웠을 환자들이라는 등 정말 신처럼 사람들을 돌볼 수 있는 능력을 보여 준 것이지. 아, 이러고 있을 시간이 없지, 참. 나 빨리 가 봐야 해. 누가 혹시나 먼저 빌려 가기 전에……."

"뭘?"

"에세데우스 접속 DVD."

"에세데우스 접속 DVD?"

"응, 에세데우스 메인 서버에 직접 접속할 수 있는 DVD야. 이걸 통해서 에세데우스와 직접 대화도 할 수 있어. 아론사에서 교육용으로 만든 한정판이야. 전 세계 초중고 학교에서 신청을 받아 추첨을 통해 330개 학교에만 이 DVD를 보내 줬어."

"우리 학교도 신청한 모양이네?"

"응, 사실은 내가 도서관 사서 선생님께 신청서까지 뽑아 가서 부탁드렸지."

"그랬어? 그런 거 보면 너도 참 대단해. 그리고 너무 신기하다. 수많은 학교가 신청했을 텐데 우리 학교가 뽑히다니……."

"그러니까 말이야. 사실 부탁을 드리면서도 기대는 별로 안 했어. 그런데 우리 학교가 뽑혀서 지난주에 그 DVD가 학교 도서관에 드디어 도착한 거야. 신청자가 나다 보니까 사서 선생님께서 일부러 따로 연락을 주셨지."

"우와! 멋지다, 정말. 그걸로 오늘 발표할 거야?"

"응, 그 컴퓨터에 직접 접속해서 설명도 듣고 궁금한 건 직접 물어보기도 하면 정말 재밌을 거야."

"음……, 갑자기 김밥 만드는 거나 발표하는 내가 좀 한심해 보인다."

"아닐걸? 애들은 인공지능 컴퓨터보다 네가 만들어 줄 김밥을 더 좋아할걸? 나나 이런 데에 관심 가지고 있지, 솔직히 우리 반에 몇이나 내 발표에 관심을 보이겠니? 재미없다고 발표 중에 하품들이나 안 하면 좋겠어."

"정말 그럴까?"

"응."

"휴, 다행이다. 아, 아니 네 주제에 애들이 관심 없을 거라는 게 다행이란 말이 아니고……."

"큭, 알아, 알아. 하하하. 난 그만 가 봐야 하니까, 어쨌든 지금은 바이! 나중에 봐."

"데이비드, 그쪽 도서관 방향 아니잖아."

"지름길로 가려고."

4

문제아 3인방

“그, 그, 그만. 그그그, 그냥 보보보, 보내, 내내내내, 줘.”

데이비드가 막 도서관 입구로 들어서려는데 도서관 뒤쪽에서 익숙한 목소리가 들려왔다. 데이비드는 살며시 고개를 내밀어 무슨 일인지 살폈다. 하지만 아무것도 보이지 않았다. 도서관 뒤쪽은 구석지고 으슥한 곳이라 아이들이 잘 다니지 않는 곳이었다. 데이비드는 도서관 뒤쪽이 잘 보이는 곳으로 몇 걸음 옮겼다. 지난해 같은 반이던 조슈아가 덩치가 훨씬 큰 세 명의 아이들에게 둘러싸여 있었다.

‘저 애들은…….’

조슈아를 둘러싸고 있는 아이들은 학교에서 악명 높은 ‘문제아 3인방’이었다. 데이비드보다 두 학년 위의 아이들인데 덩치만 보면 웬만한 어른들 뺨치는 몸집이었다. 데이비드는 꿀꺽 침을 삼켰다. 그들은 조슈아에게서 축구공을 뺏으려 하고 있었다.

“야, 좀 가지고 놀고 돌려줄게.”

“어어어언…… 제?”

“싫증 나면.”

문제아 3인방의 대장 격인 숀이 실실 웃으며 약 올리듯 말했다.

"아아아안 돼. 오오오오, 오늘 발표, 표표표에 쓰쓰쓰, 쓸 거, 거야."

평소에도 말을 더듬는 조슈아였지만 흥분해서 그런지 더욱 심하게 말을 더듬었다. 울음을 터뜨리기 직전이 된 조슈아를 보는 데이비드는 마음이 편치 못했다.

"뭐? 네가 발표를 해? 더더더듬이가 더더더더듬대며 바바발발표를 해?"

숀이 조슈아의 말 더듬는 모습을 흉내 내자 나머지 둘이 배를 잡고 웃었다.

"야, 말아라, 말아. 그렇게 더듬대며 발표했다간 너희 반 아이들 모두 네 발표가 다 끝나기도 전에 질식해 죽고 말 거다. 넌 발표 안 하는 게 여러 사람 돕는 거야, 알았지?"

조슈아가 푹 고개를 떨어뜨렸다. 동시에 구슬 같은 눈물이 조슈아의 두 눈에서 떨어졌다.

'나쁜 자식들.'

데이비드의 작은 두 주먹에 불끈 힘이 들어갔다.

"야! 넌 뭐야?"

숀이 데이비드를 발견하고는 소리쳤다. 데이비드는 화들짝 놀라 아무 말도 하지 못했다. 조슈아가 데이비드를 쳐다봤다. 눈물이 그렁그렁한 조슈아의 눈동자가 도와 달라고 말하는 것 같았다. 하지만 데이비드는 슬며시 조슈아의 눈길을 피해 버렸다.

"너, 이리 와 봐. 사내자식이 왜 거기서 몰래 숨어서 보냐? 우리한테

할 말 있어?"

문제아 3인방 중 한 명인 필립이 데이비드 쪽으로 건들대며 걸어왔다. 필립의 험악한 표정을 보고 데이비드는 곧장 뒤돌아서 도망치기 시작했다. 조슈아의 눈빛이 마음에 걸렸지만 어쩔 수 없었다. 뒤에서 문제아 3인방이 자신을 향해 비웃는 소리가 들려왔다.

"겁쟁이 자식! 네 얼굴 다 기억해. 너 다음에 걸리면 죽어, 알았어?"

데이비드는 눈물이 났다. 분해서 눈물이 났다. 자신한테 화가 나서 눈물이 났다. 동시에 그들에게 잡히지 않아 정말 다행이라고도 생각했다. 그러자 마음이 더욱 비참해졌다.

데이비드는 하루가 어떻게 지나간 건지 가늠도 되지 않았다. 몸이 아프다는 핑계로 발표도 미루었다. 비겁하던 자신의 모습이 떠오를 때마다 부끄러워 견딜 수가 없었다. 누구라도 그 상황이었다면 어쩔 수 없었으리라 스스로 아무리 위로해 봐도 별 도움이 되지 못했다. 어떤 핑계로도 자신의 비겁함이 정당해질 수는 없었다. 조슈아가 자신을 쳐다보던 눈빛이 떠올랐다. 자신에게 도움을 청하는 듯하던 그 눈빛.

데이비드는 점심시간에 조슈아를 찾아가 볼까도 생각해 봤지만, 그냥 포기해 버렸다. 조슈아를 마주할 자신이 도저히 없어서였다. 데이비드는 자신의 행동이 부끄러워 견딜 수 없었지만, 그렇다고 그 상황으로 다시 돌아간다고 해서 무엇이 크게 달라질 것 같지도 않았다. 그래서 더 속이 상했다.

데이비드는 그날 밤 꿈속에서도 조슈아 일로 괴로워했다. 낮에 겪은 일이 악몽으로 재구성되어 데이비드를 괴롭혔다. 데이비드는 식은땀을 흘리며 연신 잠꼬대를 했다. 켈라 천사가 데이비드의 이마에 살짝 손을 얹었다. 데이비드의 표정이 점차 편안해졌다. 켈라 천사는 그날 밤 내내 데이비드의 죄책감이 만들어 내는 악몽이 데이비드를 덮치지 못하도록 옆에서 그를 지켰다.

또다시 토요일 아침이 되었다. 언제나 그랬듯 데이비드는 아빠와 함께 아침 일찍 호수로 산책을 갔다. 새들이 데이비드와 아빠를 보자마자 몰려들기 시작했다.

"데이비드, 저기 봐!"

"왜요?"

아빠가 흥분된 목소리로 소리쳤지만, 데이비드는 시큰둥한 목소리로 대답했다.

"저기 좀 보라니깐."

"저, 저건……."

검은 백조 가족이었다. 우아한 어미 검은 백조와 그 뒤로 일곱 마리의 아기 검은 백조가 호수 끝자락에서 유유히 헤엄을 치고 있었다.

"이리로 와!"

데이비드가 검은 백조 가족을 향해 빵을 흔들어 보이며 소리쳤다.

그러자 어미 검은 백조가 데이비드 쪽으로 천천히 헤엄쳐 오기 시작했다. 그 뒤로 아기 검은 백조들이 일렬로 줄을 지어 쫄쫄 따라왔다.

그때였다.

"꽥꽥!"

갑자기 백조 두 마리가 괴성을 질러 대며 데이비드와 어미 검은 백조 사이에 거세게 끼어들었다. 백조들은 검은 백조 가족을 향해 목을 길게 빼고 소리를 지르며 위협했다. 그 백조들은 어미 검은 백조뿐만 아니라 아기 검은 백조들에게도 공격적인 모습이었다. 아기 검은 백조들이 겁에 질려 어미 뒤쪽으로 몸을 숨겼다.

"이 나쁜 놈들, 저리 안 가? 괴롭히지 마!"

데이비드가 소리를 질렀다. 참을 수 없는 분노가 데이비드의 작은 심장을 가득 채웠다. 데이비드의 목소리가 떨렸다. 백조들은 데이비드가 소리치든 말든 신경도 쓰지 않는 듯했다. 그들은 물 위를 박차 오르기도 하고 날개를 퍼덕여 어미에게 물을 튀기기도 하며 위협의 강도를 더욱 높였다. 어미는 새끼들을 데리고 호수 끝자락 너머로 황급히 물러날 수밖에 없었다. 데이비드는 가지고 온 빵을 모두 쓰레기통에 신경질적으로 처박아 버렸다.

"너희 같은 것들에게 줄 빵은 더는 없어. 나쁜 놈들!"

"데이비드, 새들일 뿐이야. 공평하지 않아 보이지만 자연의 법칙인데 어쩌겠니? 저들 백조들도 그저 생존하려 저렇게……."

아빠가 평소답지 않은 데이비드의 태도에 깜짝 놀라며 타이르듯 말했다.

“둘러서서 구경만 하는 저기 다른 새들도 다 꼴 보기 싫어. 검은 백조 가족을 괴롭힌 저 백조들뿐만 아니라 저기 주변에 몰려들어 구경만 하는 것들 모두 다 똑같은 것들이야. 아니, 저렇게 구경만 하는 것들이 더 나빠. 내가 여태 저런 것들을 위해 빵을 준비했다니, 너무 속상해.”

데이비드는 감정에 복받쳐 그만 울음을 터뜨리고 말았다.

“……데이비드, 도대체 무슨 일이니? 무슨 일이 있었던 거니?”

아빠가 한쪽 무릎을 꿇고 데이비드와 눈을 맞추며 걱정스레 물었다.

“아, 아니에요. 아무것도…….”

데이비드는 아빠 목을 꼭 껴안은 채 한참을 어깨를 들썩이며 울었다. 아빠는 무슨 일인지 궁금했지만 더는 묻지 않았다. 그저 데이비드의 등을 부드럽게 토닥였다.

데이비드는 다음 날 아침 일어나자마자 부엌으로 달려가 먹다 남은 식빵을 찾았다. 하지만 남아 있는 식빵이 없었다. 오븐을 열어 보았다. 엄마가 금방 구워 낸 따끈한 빵이 일요일 아침 식사용으로 준비되어 있었다. 데이비드는 비닐봉지에 그 빵을 통째로 담고는 아무도 몰래 집을 빠져나와 곧장 호수로 달려갔다.

데이비드가 나타나자 새들이 큰 소리로 재잘대기 시작했다. 데이비드가 나타났다고, 신선한 빵을 가지고 왔다고 서로 즐겁게 소식을 전하는 듯 보였다. 새들이 일제히 호수를 박차고 데이비드를 향해 몰려왔다. 데이비드는 그들의 모습이 전혀 반갑지 않았다. 데이비드는 검은 백조 가족을 찾는 데 여념이 없어 다른 새들은 눈에 들어오지도 않았다. 데이비드는 전날 검은 백조 가족이 겁을 먹고 물러난 호수 끝자락 너머로 뻗은 산책로를 따라 걸어 들어갔다. 물이 빠진 호수 끝자락엔 이름 모를 풀들이 무성하게 자라 있었다. 얼마쯤 걷다 보니 저 멀리 검은 백조의 둥지가 보였다. 척박한 장소에 튼 둥지에 아기들과 어미가 옹기종기 모여 있었다. 데이비드는 가슴 한구석이 짠해졌다. 데이비드는 둥지 바로 앞에 빵 조각을 떼어 던졌다.

"이리 와. 이거 좀 먹어 봐. 우리 엄마가 금방 구운 빵이야."

어미는 꼼짝도 하지 않았다. 웅크리고 있는 어미 주위에 있던 아기들은 오들오들 떨고 있었다.

"괜찮아. 먹을 것 좀 주려고 온 거야. 겁내지 마. 해치지 않아."

데이비드는 조심스레 둥지로 다가갔다.

"헉!"

데이비드는 외마디 비명을 질렀다. 어미가 축 늘어진 채 꼼짝도 하지 않는 것이었다. 데이비드가 접근하자 아기들이 어미의 날개 밑으로 들어가려고 필사적으로 버둥거렸다. 데이비드는 그 모습에 눈물이 핑 돌았다. 데이비드는 어미를 살펴보기 위해 풀을 제치고 앞으로 발을 내디뎠다.

"꽤액! 꽥꽥꽥!"

어디서 나타났는지 문제의 그 못된 백조 두 마리가 데이비드 앞을 가로막고는 아기들을 향해 위협적인 몸짓을 서슴지 않았다. 데이비드가 잠시 주춤한 사이 백조들이 꼼짝하지 못하는 어미에게 달려가 부리로 사정없이 쪼기 시작했다.

"안 돼! 뭐 하는 짓이야? 그만둬! 그만두란 말이야!"

데이비드는 주변에서 굵은 나뭇가지 한 개를 주워 들고 백조들을 향해 휘저었다. 백조들은 전혀 주눅 들지 않았다. 오히려 날개를 더욱 크게 펴고 목을 길게 늘인 뒤 엄청난 괴성을 질러 대며 데이비드에게 대들었다. 데이비드는 예상 못 한 반격에 놀라 뒤로 물러서다가 돌부리에 걸려 그만 넘어지고 말았다. 데이비드는 두 주먹을 불끈 쥐고 자리에서 벌떡 일어서며 외쳤다.

"싸우자고? 그래. 덤벼 봐. 이번만큼은 절대 포기하지 않을 거야. 절대로 너희들을 가만두지 않을 거란 말이야. 덤벼. 덤벼 보란 말이야. 앗, 아니……."

데이비드는 자신의 눈을 믿을 수 없었다. 이런 장면을 목격하리라곤 상상도 하지 못했기 때문이었다. 데이비드를 공격하던 백조 두 마리도 놀라는 기색이 역력했다.

하얀 아기 백조 한 마리가 아장아장 걸어와 데이비드가 떨어뜨린 빵 한 조각을 주워 어미 검은 백조 앞에 놓아 주었다. 또 다른 하얀 아기 백조도 걸어와 빵을 물어 어미 검은 백조 앞에 놓아 주었다. 그리고 또 한 마리, 또 한 마리……. 하얀 아기 백조들은 줄지어 어미 검은 백조에게 빵을 날랐다. 어미 검은 백조 앞에는 어느새 봉긋한 빵 동산이 생겼다. 그를 지켜보던 못된 백조 두 마리는 미친 듯이 꽥꽥대다 급기야 하얀 아기 백조들을 향해 달려들었다.

"안 돼!"

데이비드는 자신도 모르게 두 눈을 질끈 감아 버렸다. 아기 백조들이 공격당하는 모습을 차마 지켜볼 자신이 없어서였다. 한동안 그렇게 두 눈을 감고 있었다. 그런데 아기 백조들의 울부짖음이 들리지 않았다. 데이비드는 조심스레 눈을 떴다.

'아니 이럴 수가…….'

어른 백조들이 나타나 하얀 아기 백조들 앞을 막아섰다. 호수에 사는 다른 새들도 몰려들기 시작했다. 두 마리 못된 백조가 성난 새들에게 둘러싸였다. 못된 백조들은 날개를 퍼덕이며 다른 새들을 큰 소리로 위협해 보았지만, 다른 새들은 못된 백조 두 마리에게 더 큰 소리로 맞섰다. 못된 백조들은 갑작스레 바뀐 분위기에 움찔하더니 곧 꽁무니를 빼고 전속력으로 도망쳤다. 데이비드는 곧장 검은 백조 쪽을 쳐다봤다.

"아……!"

어른 백조들이 상처 입은 어미 검은 백조를 보살피고 있었다. 하얀 아기 백조들은 검은 아기 백조들과 서로 부리를 맞대고 재잘대며 놀았다. 데이비드는 울컥 목이 멨다. 어미 검은 백조의 날개가 움찔댔다. 그리고 천천히 고개를 들었다.

'아, 살았어. 죽지 않았어. 하느님, 감사합니다.'

"데이비드!"

점심시간이 막 끝나갈 무렵 같은 반 친구 하나가 데이비드를 불렀다. 데이비드는 의아한 표정으로 친구를 쳐다봤다. 친구의 표정이 금방이라도 울음을 터뜨릴 것 같았기 때문이었다.

"왜? 무슨 일이야?"

"정아가……."

"정아가 왜?"

"문제아 3인방이 정아를 괴롭히고 있어."

"뭐? 정아를? 어디야?"

"운동장."

데이비드는 친구가 말한 곳으로 뛰어갔다. 그곳엔 이미 많은 아이들이 모여 있었다. 데이비드는 아이들을 비집고 들어가 무슨 일이 있나 살폈다. 그런데 예상치 못한 사태가 벌어져 있었다. 정아가 곤경에 빠졌다고 들었는데, 막상 현장에선 조슈아가 문제아 3인방에 둘러싸여 있었다. 옆에 있던 친구가 데이비드에게 상황을 설명해 주었다.

3인방이 정아가 수돗가에서 세수하는 동안 벗어 놓은 안경을 빼앗더니 자기네들 눈을 찢어 보이는 시늉을 하며 동양인인 정아를 놀렸다고 했다. 정아가 안경 없이는 가까운 앞도 제대로 볼 수 없다는 것을 알면서도 그들은 안경을 서로 던져 주고받으며 정아를 괴롭혔다고 했다. 안경을 되찾으려 이리 뛰고 저리 뛰다 정아는 그만 다리를 삐끗해 넘어지고 말았고, 무릎에서 빨간 피가 나자 겁먹은 정아가 끝내 울음을 터뜨렸다고 했다. 그런데도 문제아 3인방은 장난을 멈추지 않았다고 했다. 오히려 배를 잡고 웃어 댔다고 했다. 하지만 그들 말고는 아무도 웃는 아이들이 없었다고 했다. 그때 마침 조슈아가 이 모습을 보고 용감하게 앞으로 나섰다는 것이었다.

"저저저정아에게 도도돌려려줘, 다다당자자자자장!"

조슈아가 문제아 3인방에게 큰 소리로 말했다.

"오, 말더듬이 왕, 조슈아 군. 큭큭큭. 갑자기 슈퍼 히어로라도 되고픈 모양이네. 하하하하하! 말더듬이 슈퍼 히어로! 멋진데?"

숀이 조슈아를 비웃으며 조슈아의 가슴을 양손으로 강하게 밀쳤다. 조슈아는 자신보다 두 배는 더 덩치가 큰 숀의 완력에 밀려 땅바닥에 나뒹굴었다. 문제아 3인방의 나머지 두 명이 가세해 넘어져 있는 조슈아를 발로 차고 침까지 뱉었다. 주변에 있던 아이들의 표정이 심상치 않게 변하는 순간이었다. 조슈아가 벌떡 자리에서 일어났다. 도서관 뒤에서 겁에 질려 있던 조슈아의 예전 모습은 온데간데없었다.

"빠빠빨리 아아아안겨경 도도도돌려줘!"

예상치 못한 조슈아의 반발에 3인방의 얼굴이 시뻘겋게 변했다. 죠수아가 이렇게 대들리라고는 상상하지 못한 터라 자존심이 상한 모양이었다. 데이비드는 슬슬 걱정되기 시작했다. 이러다 죠수아가 크게 다치기라도 하면 어쩌나 하는 불안감이 엄습했다. 3인방이 주먹을 불끈 쥐고 조슈아에게 다가섰다. 데이비드는 더는 두고 볼 수 없었다.

"그만해! 그게 재밌어? 제발 그만두란 말이야!"

데이비드가 소리쳤다. 조슈아가 놀란 듯 데이비드를 쳐다봤다.

"오늘 이것들이 단체로 뭘 잘못 먹었나? 어디 감히 우리한테 맞서?"

3인방이 윽박을 지르며 조슈아와 데이비드를 위협했다.

"그만두지 못해? 정말 지긋지긋해. 하나도 재미없어. 이젠 제발 그만둬!"

조슈아와 같은 반인 죤이라는 아이였다.

"……뭐야, 이건 또……."

죤의 갑작스러운 등장에 3인방은 일시에 주춤했다. 이게 끝이 아니었다. 데이비드와 같은 반 친구인 조던도 나섰다. 그리고 안톤, 앨리스, 자코모, 단테, 조나, 알루이, 매슈, 카산드라, 노리……. 누가 먼저랄 것 없이 모두 나서서 문제아 3인방을 둘러쌌다. 3인방은 갑작스러운 상황 변화에 얼굴이 샛노래졌다.

"너희들 뭐야? 다 죽고 싶어?"

숀이 큰 주먹을 흔들며 소리를 질렀지만, 평소와 달리 기어드는 목소리였다. 3인방 중 한 명인 필립은 자리에 주저앉아 훌쩍댔고, 나머지 한 명인 제임스는 이미 도망가고 없었다. 숀도 흔들던 주먹을 내리곤 한 아이를 밀치고 냅다 도망치기 시작했다. 그 모습을 본 필립도 벗겨진 신발을 들고 맨발로 허둥지둥 숀을 따라 도망쳤다. 아이들이 그 모습을 보면서 깔깔대며 웃었다. 3인방이 도망친 후 아이들은 조슈아와 데이비드 곁으로 몰려들었다. 조슈아와 데이비드는 서로 마주 보며 싱긋 웃어 보였다.

토요일 아침, 데이비드가 백조들의 천국에 조슈아를 초대했다. 못된 백조 두 마리에 맞서 가장 먼저 검은 어미 백조에게 빵 조각을 물어다 준 아기 백조를 보여 주고 싶어서였다. 데이비드는 조슈아와 함께 호수 곳곳을 돌아다니며 조슈아처럼 용감했던 그 아기 백조를 찾았지만, 어디에도 보이지 않았다.

"이상하네. 분명 여기 어딘가에 있을 텐데……."

"뭐, 뭘 차차찾아?"

"아기 백조."

"아기 배, 백조?"

"응?"

"왜?"

"너한테 꼭 소개해 주고 싶었거든. 너처럼 아주 용감한 녀석이야."

"무무, 무슨 마마말이야?"

"잠시만, 아 저기."

데이비드가 눈을 반짝이며 집게손가락을 펴 하늘을 가리켰다. 마침 그 아기 백조가 우아한 날갯짓을 하며 하늘을 빙글빙글 돌고 있었다. 백조를 감싼 눈부신 햇살에 데이비드와 조슈아가 잠시 눈을 감았다가 뜨자 아기 백조의 모습은 온데간데없이 사라져 버렸다.

5

흑익세력

데이비드와 조슈아가 더는 자신을 볼 수 없는 거리에 다다르자 아기 백조는 켈라 천사의 모습으로 돌아왔다. 켈라는 기분이 몹시 좋았다. 조슈아의 행동은 켈라도 전혀 예상하지 못했다. 진정 용기 있는 자는 자신보다 타인이 곤경에 빠졌을 때 더 진가를 발휘하는 법이다. 켈라는 천상국에 올라가서 조슈아에게 어떤 상을 줘야 할지 관계 기관과 협의를 할 생각이었다. 조슈아가 기도한 것 중에 가장 원하는 것을 줄 수 있도록 해야겠다고 생각했다. 영혼 대기층에서 가족들 소식을 기다리고 있을 데이비드의 할아버지 조지프가 떠올랐다. 데이비드와 조슈아의 이야기를 들려주면 조지프가 무척 행복해할 것이란 생각이 들자 켈라도 행복했다. 켈라는 승천을 위해 큰 날개를 활짝 폈다. 깃털 한 올 한 올이 미세한 바람에도 민감하게 반응하기 시작했다. 그때 갑자기 켈라의 심상에 누군가의 울음소리가 맺혀 들었다. 가슴으로 우는 소리는 소리 내어 우는 소리보다 더 크게 천사의 마음에 들리는 법이었다.

'뭐지?'

켈라는 울음소리의 근원지를 향해 순식간에 날아갔다. 누군가의 아픔을 지나치지 못하는 천사들의 자연스러운 반응이었다.

'저 아이는 아까…….'

숀이었다.

외진 공터에 혼자 쪼그리고 앉아 울고 있었다. 숀의 생각이 그대로 켈라에게 전달되었다. 켈라는 깜짝 놀랐다. 천사들에게 마음이 그대로 읽힌다는 건 아기 천사성을 유지하고 있다는 이야기였다. 그렇다면 너무 이상한 일이었다. 하늘과 소통하는 아이의 행동이라곤 상상도 할 수 없을 정도로 주변 아이들을 괴롭히던 아이가 아니던가? 더군다나 아까 문제아 3인방이 조슈아와 데이비드에게 달려들려 했을 때 켈라는 나름 그들의 가슴을 두드리며 소통을 시도했다. 하지만 그들의 영혼은 콘크리트처럼 굳어 있었다. 켈라가 그들의 마음을 녹이려 안간힘을 썼지만, 완고한 마음을 도저히 뚫을 수 없었던 것이 생각났다. 켈라는 숀에게 한 발 더 가까이 다가섰다. 숀에게 손길을 내밀고 싶어서였다. 켈라 천사가 숀의 마음을 열려는 찰나에 하늘이 갑자기 컴컴해졌다. 시커먼 구름이 갑작스레 태양 빛을 밀어내고 온 도시를 뒤덮었다. 숀의 마음이 다시 딱딱하게 굳어져 버렸다. 켈라는 숀을 향해 더욱 가까이 다가서려다 멈칫하지 않을 수 없었다. 어둠 속에서 무언가 스멀스멀 움직이는 것이 보였다.

'이럴 수가…….'

검은 날개를 단 흑익 무리가 어둠 속에서 기어 나와 숀을 둘러쌌다. 그들이 숀의 귀에 대고 뭔가를 속삭이자 숀의 표정이 다시 싸늘해졌다. 갑갑한 기운이 켈라와 숀 사이를 막아섰다. 켈라는 마음이 급해지기 시작했다. 명색이 수호천사인데, 그것도 마귀들과 전쟁할 때 선두에 선 능천사 출신인데, 자기 눈앞에서 한 어린이가 어둠의 세력에 넘어가도록 둘 수는 없는 노릇이었다. 켈라 천사는 온 힘을 다해 숀 옆에 붙어 있던 한 흑익세력을 어깨로 밀쳐 내고 숀을 껴안았다. 숀의 표정에 온기가 잠시 돌아왔다. 숀의 마음이 다시 켈라의 심상으로 들어왔다. 숀은 자신이 저지른 나쁜 행동들을 되돌아보며 후회하고 있었다. 가능하다면 다시 시작하고 싶어 했다. 친구들이 과연 받아줄지를 걱정했다. 홀로 자신을 뒷바라지하는 엄마가 알면 얼마나 실망할까도 걱정하고 있었다. 켈라는 숀을 돕고 싶었다. 켈라는 급히 숀의 가슴에 손을 얹었다. 숀이 순간 눈물을 흘렸다.

"헉!"

갑작스레 켈라의 몸이 튕겨 나갔다. 켈라는 당황했다. 보잘것없는 흑익 타락 천사가 켈라를 엄청난 위력으로 밀쳐 버린 것이었다. 흑익세력이 빛의 존재인 천사를 공격하다니! 켈라 천사는 자리에서 벌떡 일어나 대응할 태세를 갖추다 주춤했다. 켈라를 밀쳐 낸 흑익 타락천사 뒤로 수많은 흑익 무리가 기어 나와 숀을 까맣게 둘러쌌다. 숀의 생각이 다시 전혀 읽히지 않았다. 인간들이 혼탁한 물속을 맨눈으로 볼 수 없듯 혼탁해진 영혼 속은 수호천사들도 볼 방법이 없었다. 그래서 어둠의 세력들이 숨기엔 더할 나위 없이 좋은 곳이 타락한 인간의 마음속이었다. 빛 가운데 나설 수 없는 그들이 인간들의 어두운 마음속에 들어가 그들을 움직이는 이유가 여기에 있었다.

평소와 달리 천사에게 대 놓고 공격하는 흑익세력을 보며 켈라는 뭔가 잘못되었음을 직감했다. 저들과 불필요하게 무력으로 충돌하지 않으려면, 숀이 아기 천사성을 다시 찾아 저들을 스스로 자신의 마음에서 몰아내 주어야만 했다. 켈라는 영기로 숀을 불렀다. 소용없었다. 숀의 마음이 전혀 느껴지지 않았다. 흑익 무리가 숀을 까맣게 둘러싸고 있는 것이 이유 같았다. 오랫동안 저들 흑익세력에 물든 숀의 영혼이 켈라의 접근을 막고 있는 듯했다. 절망적이었다. 수호천사 행동 규칙상 숀을 포기해야만 하는 상황이었다. 그렇지만 켈라는 그럴 수 없었다. 조금 전 숀이 보여 준 가능성 때문이었다. 숀의 소중한 아기 천사성이 저들 흑익세력의 농간 때문에 완고해진 마음속에서 절규하고 있다고 생각하니 켈라는 쉽사리 숀을 포기할 수 없었다. 켈라는 다시 한번 혼신의 힘을 다해 숀에게 외쳤다.

"숀! 기억해 봐! 넌 고귀한 아기 천사의 영혼이었단 말이야."

숀의 미간이 움찔했다. 동시에 엄마를 걱정하는 숀의 마음이 켈라의 심상에 잠시 머물렀다. 그뿐이었다. 그 마음은 이내 흔적도 없이 사라져 버렸다. 더 많은 흑익세력이 숀을 필사적으로 에워싸고 숀의 마음속을 끊임없이 들락대며 영혼의 기억들을 증오로 더럽혔다.

"네 이놈들! 그 아이 곁에서 당장 물러서지 못할까?"

소용없었다. 수만 명으로 불어난 흑익 무리가 일시에 켈라를 쳐다보았다. 그들에겐 눈동자가 없었다. 움푹 파인 눈구멍 안으론 먹물을 뿌려 놓은 듯한 암흑뿐……. 빛에 나서지 못해 암흑 속을 떠도는 존재가 되면서 그들의 눈은 퇴화했다. 그들의 웅얼대는 소리가 켈라의 머릿속을 파고들기 시작했다. 절규 같기도, 노래 같기도, 비명 같기도 한 소음이 켈라의 의식을 혼미하게 만들기 시작했다. 숀을 보았다. 숀은 이미 흑익세력과 하나가 되어 가고 있었다.

'늦었어, 이미…….'

켈라는 급히 승천을 준비했다. 이미 숀이 회복 불능 상태로 빠졌다고 판단해서였다. 흑익 무리가 순식간에 켈라를 둘러쌌다. 그들에게서 비릿한 냄새가 진동했다. 켈라는 영기교신으로 천사청에 도움을 요청했다. 흑익 무리의 생각이 켈라에게 전해지기 시작했다. 좋은 징조가 아니었다. 수호천사는 어둠의 소리를 들을 수 없다. 그들의 소리가 들린다는 것은 지금 자신이 지니고 있는 하늘 기운에 손상이 생겼다는 뜻이었다. 켈라는 귀를 막고 머리를 감쌌다. 별 효과가 없었다. 섬뜩한 저들의 생각이 예리한 창이 되어 켈라의 심상 속을 파고들었다.

"이 아이는 네가 필요 없어. 이 세상의 사람들은 너희들이 필요 없어. 여긴 우리들의 세상이야. 우리에게 와. 지상의 인간들이 기도를 멈추면 루시퍼님이 또다시 세상에 오리니, 그땐 너희 천상국도 무사하지 못하리. 우리에게 와. 하얀 날개 벗어 던지고 우리에게 와. 네가 원하는 모든 것 루시퍼님이 약속할지니……."

켈라는 정신을 놓지 않으려 안간힘을 썼지만 소용없었다. 점점 몸에서 힘이 빠져나갔다. 하얀색 깃털 날개 일부가 서서히 검은색으로 물들었다. 켈라는 절망감에 몸을 떨며 양팔을 하늘을 향해 벌리며 외쳤다.

“오, 하늘 주인님! 저를 놓지 마시옵고 악에서 구하소서!”

동시에 날개를 활짝 폈다. 마지막 수단으로 천사익광을 쓰려고 했지만 뜻대로 되지 않았다. 켈라는 전혀 힘을 쓸 수 없었다. 흑익세력의 주문이 더욱 거세졌다. 켈라는 눈꺼풀이 점점 무거워지기만 했다. 날개 끝에서부터 감각이 무뎌지기 시작했다. 간신히 눈을 떠 날개 끝을 보았다. 끈적이는 타르 같은 검은 액체가 더덕더덕 깃털에 엉겨 붙어 있었다. 천사익광을 일으킬 수 없던 이유가 이것 때문이란 생각은 들었지만 날개에서 털어 낼 수가 없었다. 켈라는 두 눈을 질끈 감고 혼신의 힘으로 다시 한번 날개를 흔들었다. 깃털에 잠시 빛이 나 검은 액체가 먼지처럼 흩어졌지만 다시 더욱 끈적이는 액체로 뭉쳐져 날개 여기저기에 들러붙었다. 켈라는 검은 액체를 잠자코 바라보았다. 마침 깃털에 들러붙어 있던 검은 액체가 스르르 몸을 일으켜 켈라를 쳐다봤다. 흑익세력과 온갖 지상의 마귀들이 켈라의 깃털 날개를 부둥켜안고 있었다. 켈라는 몸부림을 쳐 보았다. 하지만 그럴수록 더 깊은 수렁으로 빠져드는 것 같았다. 그렇게 켈라는 점점 저들이 되어 갔다.

“앨, 뭐 해? 정신 차려!”

앨은 번쩍 눈을 떴다. 다시 앤과 영기교신이 연결되었다. 켈라에게 일어난 일에 정신이 붙들려 있는 동안 앤이 앨에게 수도 없이 영기교신을 보낸 모양이었다.

“켈라 님께 무슨 일이 생긴지 알게 됐어.”

“나도 알아. 미켈라 팀장님한테 연락을 받았어. 함정 같아. 흑익세력이 의도적으로 인간들이 기도하게 해서 수호령들을 유인하고 있는 것 같아. 모두 즉시 귀환하란 명령이야. 상황 파악이 될 때까지 모든 수호령 업무 정지 명령이 내려졌어.”

“흑익세력이 인간들에게 기도하게 할 수도 있다고? 그럴 리가? 그들이 그런 능력이 있어?”

“나도 이런 경우는 들어 본 적이 없어. 뭔가 이상한 일이 벌어지고 있는 것이 분명해. 영기교신이 자꾸 끊어지는 것만 해도 너무 이상하고 말이야. 아, 이런…….”

“무슨 일이야, 앤?”

“흑익 무리가 누군가를 뒤쫓고 있어.”

“누구를?”

“수호령 같아. 흑익세력이 수호령들을 공격하다니, 지금 무슨 일이 벌어지고 있는 거지?”

“……앤!”

“…….”

“앤! 대답해. 어떻게 된 거야?”

“…….”

영기교신이 그만 또 끊겨 버렸다.

6

함정

"……도와주세요, 하느님."

"아니, 이 목소리는……."

앤과의 영기교신이 끊어지자마자 숀의 목소리가 앨의 심상에 전달되었다. 앨은 갈등에 빠졌다. 어쩌면 앤이 말한, 저들의 함정일지 모른다고 생각해서였다. 앨은 날개를 활짝 펴고 승천을 준비했다. 이 함정을 벗어나기 위해서였다. 숀의 기도 소리가 더욱 커지고 간절해졌다.

"제발 저를 버려두지 마세요. 아빠가 그랬듯, 선생님들이 그랬듯, 신부님들이 그랬듯, 동네 어른들이 그랬듯……."

숀의 불행하던 삶이, 외롭던 삶이, 줄곧 버려지기만 하던 삶이, 그래서 숀이 흘린 눈물이 고스란히 앨에게 전해졌다. 앨은 뿌리칠 수 없었다. 설사 이 기도가 함정일지라도 앨은 숀을 버려둘 수가 없었다. 더군다나 흑익세력 가운데 숀을 버려둘 수가 없었다. 앨은 날개를 접고 낙하를 시작했다. 비록 이 결정이 지옥으로 가는 길이라 해도 기도를 저버리는 건 수호천사가 아니기 때문이었다.

앨과 영기교신이 끊겨 버리자 앤 역시 불길함에 휩싸였다. 무언가 거

대한 장막이 영기교신을 방해하고 있다는 느낌을 지울 수가 없었다. 하지만 지금 앤에겐 영기교신의 문제보다 더 긴급한 사안이 있었다. 흑익세력에 쫓기던 수호령이 이젠 아예 그들에게 완전히 포위당하고 만 것이었다. 수호령은 선인청 소속의 선녀였다. 수천 번 아니 수만 번의 윤회를 거치며 선업 점수를 쌓아 천상국으로 들어오는 일반 하늘 사람들과 달리 저들은 수행으로 깨달음을 얻어 일시에 윤회의 틀을 벗어난 자들이라 영력 또한 일반 하늘 사람들이나 조상청 소속 수호령들, 그리고 웬만한 새내기 수호천사에 비교할 바가 아니었다. 그래서 그런지 궁지에 몰린 수호령이었지만 조금도 주눅 든 모습이 아니었다. 길고 부드러운 도포 자락을 흩날리며 흑익세력을 마주한 모습은 당당하기까지 했다. 그러나 수적으로 너무 불리해 보였다. 통상 수호령들을 만나면 꽁무니부터 빼던 예전의 흑익세력이 아니지 않은가? 앤은 곧장 날개를 활짝 펴 선녀 옆으로 날아갔다. 앤의 날갯짓에 눈부신 빛 가루가 흩날렸고 주변이 순간 대낮처럼 밝아졌다. 흑익세력은 갑작스러운 수호천사의 출현에 깜짝 놀라 대오가 흐트러졌다.

기도하느라 굳게 모은 숀의 두 손을 앨이 살며시 맞잡았다. 숀이 천천히 눈을 떴다. 놀랍게도 숀이 앨을 똑바로 쳐다봤다.

"내가…… 보이니?"

"네가 보이냐고? 당연히 보이지, 수호천사님. 클클클."

"아, 아니……."

숀의 입에서 수천 명의 목소리가 동시에 겹쳐 나왔다. 앨은 즉각 숀의 영혼 상태를 살폈다. 이미 숀의 영혼은 수많은 마귀들의 놀이터가 되어 있었다. 앨 주변이 시커먼 기운으로 뒤덮였다. 어디서 몰려왔는지 앨 주변을 흑익 무리가 겹겹이 에워쌌다. 비릿한 냄새가 진동했다. 흑익 무리가 검은 구름처럼 스멀스멀 앨에게 계속 몰려들었다. 그러고는 앨의 날개에 들러붙었다. 앨은 깃털 하나 움직일 수 없었다. 불쾌감이 온몸을 감쌌다.

"오, 하늘 주인님!"

흑익세력의 생각이 앨에게도 들리기 시작했다. 앨의 날개가 빛을 잃기 시작했다. 능천사 출신이기도 한 노련한 켈라 천사마저도 어쩔 수 없이 당하고만 일이라 생각해선지 앨은 저항조차 하지 못했다. 이렇게 나약했나 싶은 자괴감에 몸서리를 쳤지만 무엇을 어떻게 해야 할지 아무 생각도 떠오르지 않았다. 그저 하늘 주인님만 찾을 뿐…….

앤이 흩뿌린 빛 가루에 흑익세력이 잠시 주춤하는 사이 선녀가 그들에게 날아들며 일격을 가했다. 흑익세력이 여기저기서 비명을 지르며 추락했다. 앤 역시 선녀를 거들기 위해 그들에게 날아들었다. 능천사 시절

처럼 천검이라도 있으면 좋으련만 하는 생각이 절로 들었다. 천검이 없이는 저들을 항거불능 상태로 만드는 건 불가능했다. 큰 날개를 휘둘러 모여드는 흑익 무리를 털어 냈지만, 그들은 끈질기게 달라붙었다.

"천사님, 일단 여기서 벗어나야 해요. 이렇게 시간을 끌다가 데몬의 군단이라도 나타나면 큰일입니다."

선녀가 끈적대며 달라붙는 흑익 무리를 지팡이로 연신 타격하며 앤에게 말했다.

"데몬의 군단이라니요?"

"이야기가 깁니다. 아, 저기……."

앤은 선녀가 가리킨 방향을 쳐다보았다. 앤은 자신의 눈을 의심하지 않을 수 없었다. 검붉은 얼굴, 돼지의 귀, 잠자리의 날개, 하얗게 센 머리카락……. 말로만 듣던 전형적인 데몬 무리의 모습이었다. 그들이 점점 다가올수록 말 못 할 악취가 진동했다. 흑익세력이야 아무리 수가 많아도 감당할 수 있을 듯했으나, 정말 저들이 데몬의 군대라면 이야기가 달라졌다. 천검이 있어도 혼자로는 불가능했다. 앤은 즉시 큰 날개를 활짝 펴 온 영력을 다 쏟아 흑익세력과 데몬의 군대를 향해 천사익광을 내뿜었다. 영력이 다시 모일 때까지 승천을 미루는 한이 있더라도 당장 위기부터 모면해야 할 듯싶어 남아 있는 모든 기운을 끌어 올렸다. 앤은 엄청난 에너지를 내보내느라 현기증이 일어나 잠시 비틀댔다. 앤 근처에 있던 흑익세력과 데몬의 군대 일부가 엄청난 불길에 사로잡혀 순식간에 재가 되어 사라졌다. 그들은 앤이 친 빛과 불의 장막 밖에서 으르렁대며 장막을 찢으려 버둥댔다. 흑익세력과 데몬의 무리는 끈질겼다. 그들도 날개를 펴 암흑바람을 일으켰다. 빛과 불의 장막 여기저기에 조금씩 금이 가기 시작했다. 앤은 어금니를 물고 있는 힘을 다해 버티고 있었지만 점차 힘이 빠지는 모습이 역력했다. 선녀는 휘청거리는 앤을 재빠르게 붙들며 자신의 날개옷을 힘차게 펄럭였다. 곧 거센 회오리바람이 날개옷 끝자락에서 휘몰아치며 암흑바람을 맞받아쳤다. 대단한 기운이었다. 앤은 멀어지는 의식을 간신히 붙잡은 채 선녀를 흘깃 쳐다보았다. 입을 굳게 다문 선녀의 모습에 앨의 모습이 겹쳐 어렸다. 웬 아이의 기도 소리가 들린다고 하던 앨이 문득 염려되었다.

'앨은 괜찮을까? 혼자 남겨 두는 것이 아니었는데…….'

앨에 대한 걱정도 잠시 앤은 그만 정신을 잃어버렸다. 영력을 모조리 써 버린 탓이었다.

"정신 차리세요!"

천둥 같은 목소리가 앨의 귓전을 때렸다. 앨은 정신을 겨우 차리고 간신히 눈을 떴다. 앨이 몸을 채 일으키기도 전에 깃털에 들러붙어 있던 검은 액체가 푸석푸석한 검은 재가 되어 흩어졌다. 앨의 날개 깃털에 잠시 빛이 일렁였다. 동시에 정신이 한결 맑아지면서 눈앞에서 벌어진 일이 한눈에 들어왔다. 꿈을 꾸는 줄 알았다. 은빛 갑옷, 은빛 투구, 그리고 천검. 천상국 주요 행사 때만 모습을 드러내던 특수전투천사사령부 소속 능천사의 복장이었다. 빛으로 빚어진 능천사의 천검이 흑익 무리를 스칠 때마다 타르처럼 끈적대던 그들은 검은 가루가 되어 흩어졌다. 흑익세력도 만만하지 않았다. 흩어진 검은 가루들은 또다시 엉겨붙어 흑익 타락천사들의 모습으로 돌아오고 있었다. 이제 더는 수호천사들만 나타나도 모습을 감추던 그들이 아니었다. 능천사의 천검에 베이고도 무사하다니……. 있을 수 없는 일이, 있어선 안 되는 일이 일어나고 있는 것이 분명했다.

"내 손을 잡으세요!"

능천사가 내민 손을 앨이 잡자마자 그는 무서운 속도로 하늘 높이 치솟았다. 쏴아 하는 소리가 들리는 듯하더니 찬 기운이 갑자기 앨의 발끝에 느껴졌다. 동시에 역한 악취가 진동했다. 앨은 섬뜩한 기운에 놀라 발아래를 내려다보고는 몸서리를 쳤다. 몇 배로 불어난 흑익 무리가 무서운 속도로 따라오고 있었다. 그런데 그들 앞에 기존의 흑익 세력과 다른 모습들이 보였다. 검붉은 얼굴, 돼지의 귀, 잠자리의 날개, 그리고 이 썩는 냄새……. 데몬의 무리였다. 순식간에 데몬 군단의 무리 수십 명이 앨과 능천사 앞을 막아섰다. 능천사의 표정에서 잠시 낭패감이 스쳤다. 흑익세력은 겹겹이 진을 치고 퇴로를 막고 거리를 천천히 좁혀 오기 시작했다. 그들의 웅얼대는 소리에 앨은 머리가 쪼개지는 듯 고통스러웠다. 능천사의 표정이 일그러졌다.

"우리를 막아선 자들보다 저들의 주문을 더 경계해야 합니다. 듣지 마세요. 데몬 군단의 칼은 몸을 베지만, 저들의 주문은 당신을 저들처럼 만드니까요. 제가 길을 열 테니 제 뒤를 바짝 따라와요, 아시겠습니까?"

앨은 단호한 표정으로 고개를 끄떡이며 날개를 활짝 펴고 기운을 모았다. 순간 앨의 날개에서 영롱한 무지갯빛 가루가 일시에 확 쏟아져 나왔다. 흑익세력과 데몬 군단의 무리들이 멈칫했다. 능천사도 앨의 천사익광에 놀라긴 마찬가지였다. 무지갯빛 천사익광은 아무한테나 주어지는 것이 아니었다. 많은 수호천사가 자신의 영력에 따라 나름 다른 빛깔의 광채를 발산하긴 하지만 대부분 순백색 빛깔이었다. 저런 일곱 색깔 무지갯빛은 순도 100퍼센트의 천사성에서만 나오는 빛깔이었다. 능천사는 정신을 다시 다잡았다. 앨의 순도 높은 천사성에 감탄하고 있을 상황이 아니었다. 데몬의 무리조차 움찔한 지금이야말로 예상치 못한 기회였다. 능천사는 당황한 데몬의 무리를 향해 검을 들고 돌진해 대오를 무너뜨렸고, 앨은 그 틈을 이용해 빠른 속도로 날아올랐다. 앨의 깃털 날개가 쏟아 낸 무지갯빛에 정신을 차리지 못한 흑익세력은 더는 따라오지 못하고 허둥대며 아우성을 쳤다. 능천사는 데몬의 무리 수십 명을 한칼에 가르며 하늘로 통하는 통로를 만들었다. 앨은 최고 속도로 대기권을 빠져나와 영혼 대기층으로 향했다. 그 뒤를 능천사가 따르며 데몬 무리의 집요한 공격을 가까스로 막아 내고 있었지만, 그들도 포기하지 않고 계속해서 무서운 속도로 뒤를 따랐다.

영혼 대기층이 보였다. 앨은 더욱 속도를 높여 영혼 대기층 진입을 시도하려 했지만 불가능했다. 영혼 대기층 전체를 큰 영적 에너지막이 감싸고 있었다. 깜짝 놀란 앨이 뒤를 돌아보자 마침 능천사가 도착했다. 그 뒤를 쫓던 데몬 무리가 급히 멈추어 섰다. 그들은 앨 뒤 어딘가를 쳐다보더니 갑자기 표정이 일그러졌고 이내 방향을 돌려 지상으로 후퇴하기 시작했다. 의아한 마음에 앨도 뒤를 돌아보았다. 절대 포기하지 않을 것 같던 데몬의 무리가 추격을 멈춘 데는 다 이유가 있었다.

7

바벨탑

앨이 능천사와 함께 영혼 대기층에 들어서니 금빛 갑옷과 금빛 투구를 쓴 하늘궁전수비대 능천사들이 영혼 대기층 진입로를 통제하고 있었다. 그들은 앨을 구한 능천사를 보자 일제히 창을 들어 예를 표했다. 앨은 그제야 자신을 구한 천사를 제대로 살펴볼 수 있었다. 은빛 머리카락에 진한 다갈색 피부, 회색 눈동자, 꽉 다문 초록색 입술을 지닌, 천상 나이로 40대 초반쯤 되어 보이는 7품 천사였다.

"죄송합니다, 수호천사님, 이 통로는 모두 폐쇄됐습니다. 바벨탑으로 가십시오. 귀환하는 수호천사님들을 위해서 임시 통로가 개설됐습니다."

궁전수비대 능천사 한 명이 앨에게 말했다. 품계와 관계없이 능천사들은 수호천사들에게 깍듯한 예를 갖추는 것이 관례였다. 이는 수호천사가 천사의 가장 본질적인 임무, 즉 지상과 천상을 잇는 역할을 하는 것에 대한 존중의 의미였다.

"바벨탑이라고요?"

"예, 그렇습니다."

"그게 어디 있는데요? 그리고 도대체 무슨 일이 벌어지고 있는 건가요? 하늘궁전수비대가 여긴 왜 지키고 있는 것인지, 블랙홀로 영원히 사라졌다던 데몬 군단이 왜 뜬금없이 나타나 저를 공격했는지……."

"저희는 아무 말씀을 드릴 수가 없습니다, 수호천사님."

"바벨탑으로 모시면서 제가 말씀드리겠습니다."

앨을 구한 능천사가 말했다.

"아, 네. 참, 아직 인사도 못 드렸네요. 능천사님, 구해 주셔서 감사합니다."

"아닙니다. 제 임무를 수행했을 뿐입니다. 참 제 이름은 칸입니다. 이쪽으로 가시면 됩니다. 참 날개는 숨기시지요. 괜히 영혼 대기층 영혼들이 수호천사님을 발견하기라도 하면 여기서 한 발자국도 못 움직이십니다."

앨은 그 의미를 잘 알고 있었다. 영혼 대기층 영혼들은 인간 세상에 여전히 미련이 많을 수밖에 없었다. 그들은 수호령들을 혹시라도 만나게 되면 인간계에 남겨 둔 가족들에 대한 안부를 묻거나 소식을 전해 달라고 부탁하고는 했다. 수호령들은 인간들에 대해 측은지심이 몸에 배어 있어 그들의 청을 떨쳐 내는 데 상당한 어려움을 느꼈다. 덕분에 본연의 임무 수행을 뒤로하고 그들의 간절한 청을 들어주면서 여러 부작용이 생겨났다. 그래서 수호령들이 인간 세상으로 가기 위해 영혼 대기층을 통과할 때면 특별한 경우가 아니면 절대 멈추지 말고 바로 지나가도록 교육을 받고 있었다.

"바벨탑은 아직 멀었나요?"

"거의 다 왔습니다. 저기 구름에 가린 건물 보이시죠? 저곳이 바벨탑입니다."

"바벨탑……."

수호천사 사관학교 시절에 교과서에서만 보았지 실제로 보기는 처음이었다. 인간들이 영혼 대기층에서 영혼 심사 결과 선업 점수가 높아 소위 인간들 사이에선 천국으로 불리는 천상국 행이 결정되면 그들은 저곳을 통해서 하늘 세상으로 들어갔다. 환생이 결정된 영혼들도 영혼 대기층 내 아가원에서 영혼을 리셋하고 나면 이곳 바벨탑을 통해 천상국 내 아기천사교육원으로 보내졌다. 인간 세상에서도 저곳에 관한 내용이 알려져 교만한 인간들이 감히 자신들의 힘만으로 천상국에 갈 수 있다며 벽돌을 빚어 구워 내 흙 대신 역청을 써 탑을 쌓았다가 언어가 달라지는 환난을 겪기도 했다.

칸은 큼직큼직한 발걸음으로 앞장서서 걸었고, 앨은 그 뒤를 종종걸음으로 따라 걸었다. 영혼 대기층의 풍경을 실제로 보는 것이 처음이어서 앨은 여간 신기한 게 아니었다. 영혼 대기층은 인간 세상을 그대로 옮겨 놓은 듯한 느낌이었다. 이곳에 있는 모든 영혼들은 어떤 식으로든 인생이란 숙제를 마치고 온 인간들이었다. 사는 동안에 물론 실수도 있었을 것이고, 후회스러운 적도 많았겠지만 완전하지 못한 인간이니까 겪어야 할 일들이었을 것이었다. 하늘이 부를 때까지 포기하지 않고 자신의 삶이 더 성실하고 선한 삶이 될 수 있도록 노력해 왔다면 그 자체로 족할 것이었다. 하늘 주인님 역시 그것만으로도 인간들을 어여쁘게 여기실 것이 분명했다. 지상을 떠난 영혼들이 갑작스러운 환경 변화에 혹시나 상처라도 받을까 봐 하늘 주인님께서 특별히 영혼 대기층을 인간 세상과 거의 동일하게 만드셨다고 사관학교 수업 시간에 들은 기억이 났다.

"많이 놀라셨죠, 수호천사님?"

"네? 아, 네. 그나저나 도대체 무슨 일이 벌어지고 있는 건가요? 흑익세력이 감히 빛의 존재들인 우리에게 대적하는 것도 이상하지만 데몬의 무리는? 어떻게 된 건지 아는 게 있으세요?"

"네, 그들은 지상에 숨어 있던 잔류병들일 뿐입니다."

"잔류병이라고요?"

"네, 루시퍼의 천상반란 실패 후 데몬을 따라 블랙홀로 사라진 데몬 군단의 본진은 아니라고 판단하고 있습니다. 블랙홀 쪽은 데몬이 사라진 후에도 하늘궁전수비대의 외곽 경비대가 계속 경계를 해 온 곳인데, 그쪽에선 아무런 움직임도 포착되지 않았거든요."

"아무리 잔류병들이라 하더라도 그들은 오직 데몬의 명만 받는 자들 아닌가요? 그래서 그 오랜 세월 동안 지상에서도 가장 외진 곳에 숨어 지낸 것이고요."

"맞습니다. 데몬이 사라진 후 지구 곳곳에 숨어 지내던 데몬의 무리 중 일부가 개별적으로 패악을 저질러 저희가 소탕을 한 적은 있었지만 단 한 번도 이렇게 조직적으로 움직인 적은 없었습니다. 마치 누군가의 명을 받는 것처럼요. 여기서 누군가의 명을 받는다면 분명 데몬이겠지요. 하지만 그건 불가능합니다. 블랙홀에 있는 데몬이 이들과 접촉할 방법도 없을뿐더러 설사 방법을 찾았다 하더라도 우리의 감시망을 피할 방법은 없으니까요. 모든 종류의 영기교신은 우리에게 들키지 않을 수가 없습니다."

"아까 보니 데몬의 잔류병들이 흑익세력에게 명령하는 듯했어요. 흑익세력은 절대로 일개 데몬 군단의 명을 받을 자들이 아니라고 알고 있었는데……. 제가 잘못 알고 있던 건가요?"

"아닙니다. 제대로 알고 계신 게 맞습니다. 저희들도 그래서 그 점을 예의주시하고 있습니다. 데몬의 지상 잔류 군단과 흑익세력과의 연대는 단 한 번도 보고된 적이 없었거든요. 아시다시피 흑익세력은 본디 천사들이지 않았습니까? 여전히 그들은 태생이 암흑 먼지들인 데몬의 무리를 업신여기고 있지요. 즉, 그들의 지휘를 받는다는 것은 상상할 수 없는 일이지요. 데몬이 직접 진두지휘에 나섰다면 몰라도 말입니다."

"데몬의 명령은 듣는단 말씀입니까?"

"네, 사실 거슬러 올라가 보면 데몬이 그들과 전혀 다른 존재는 아니니까요. 게다가 전해지는 이야기에 의하면 데몬이 루시퍼의 천상 반란을 지원했을 때 루시퍼가 자신의 추종자들 앞에서 데몬을 형제적 동반자로 공식 인정울 했다는 설이 있습니다. 당연히 루시퍼가 없는 환경에서 데몬이 건재하다면 그리고 데몬이 루시퍼 복권을 내세웠다면, 그들은 데몬 아래로 모일 것입니다."

"그럼 데몬이 돌아왔다는 말씀이세요?"

"그럴 리는 없습니다. 말씀드렸듯이 블랙홀 근방에선 그 어떤 이상 징후도 발견되지 않았습니다. 하늘군대의 철통 경계를 데몬이 뚫었을 만한 정황이 발견된 것이 없습니다."

"그럼 지금 벌어지고 있는 상황이 설명이 안 되잖아요."

"네……. 그래서 하늘군대 본부에서 지금 다각도로 상황을 살펴보고 있는 것으로 압니다만, 저도 이 이상의 정보는 가진 게 없습니다. 저희는 그저 흑익세력과 데몬의 무리가 수호령들을 동시다발적으로 공격하고 있어 수호령들의 안위를 보호하기 위해 급파된 상황이라 더는 알지 못합니다. 죄송합니다. 천사청 본부 쪽에서도 지금 비상이 걸려 있는 만큼 자세한 사항은 본부에 들어가 보시면 아실 수 있지 않겠습니까?"

"……네."

바벨탑에서 천상국까지는 의외로 금방이었다. 하늘궁전수비대가 영혼 대기층 경계를 강화한 이유를 알 수 있을 것 같았다. 영혼 대기층이 저들에게 넘어가면 제2차 천상전쟁이 일어나지 말란 법도 없어 보였다. 바벨탑 꼭대기에 있는 하늘 통로 엘리베이터 운행 층에선 천상국으로 바로 올라가는 수호령 전용 특별 셔틀 엘리베이터가 운영되고 있었다.

칸과 앨이 엘리베이터에 올라 문을 닫자마자 엘리베이터가 부드러운 바람 소리와 함께 영혼 대기층을 빠른 속도로 벗어나고 있었다. 엘리베이터의 유리 벽 너머로 보이는 영혼 대기층의 모습은 실제 인간 세상의 모습 그대로였고, 그곳을 거니는 사람들의 모습 역시 인간 세상 사람들과 별반 차이가 없었다.

엘리베이터가 천상국 입국 심사대에 도착해 문을 열자 많은 영혼이 천상국 입국 수속을 밟고 있는 모습이 보였다.

"이쪽으로 가시죠."

칸이 공무 수행 전용 통로로 안내했다. 검문이나 행정 절차 없이 바로 천상국 입구로 통하는 특별 통로였다. 천상국에 들어서자 멀리 천사청 본부가 한눈에 들어왔다. 앨은 자기도 모르게 눈가에 눈물이 맺혔다. 첫 임무를 받으려 딱 한 번 방문한 곳이지만 평생을 살아온 고향 같은 기분이었다. 오죽하면 수호천사 앤까지도 사무치게 보고 싶었을까?

'참, 앤은 귀환했겠지?'

앨은 날개를 활짝 펴고 천사청 본부 건물을 향해 날아올랐다. 칸도 그 뒤를 이어 날아올라 앨 옆을 나란히 날았다.

"저기 아래 천사청 본부 입구가 보이는군요. 앨 님이 무사히 천사청 본부까지 오신 걸 확인했으니 저는 이만 돌아가겠습니다. 비상 상황이라 지금 바로 본대로 복귀하란 통보를 받았거든요."

"아, 네. 칸 천사님, 구해 주셔서 정말 감사드려요. 칸 님 아니었으면 정말 큰일 날 뻔했어요."

"아닙니다. 앨 님은 본인이 얼마나 강하신지를 아직 잘 모르시는 것 같습니다."

"네?"

"천사성 순도 100퍼센트이시잖아요. 이미 그것만으로도 어둠의 세력은 절대로 천사님을 어떻게 할 수 없답니다. 다만 그 힘을 천사님께서 온전히 믿으셔야만 하지만요."

"무슨 말씀이신지……?"

"스스로 아시게 될 날이 있을 겁니다. 그럼 이만."

능천사 칸은 앨에게 가볍게 눈인사한 후 하늘군대 본부 방향으로 빠르게 날아갔다. 앨은 칸이 저편으로 사라지고 난 뒤에도 한참이나 손을 흔들며 그 자리에 서 있었다. 전투가 주임무인 능천사라 언제나 위험의 한가운데 서 있어야 할 칸을 생각하니 마음이 무거워져 금방 자리를 떠날 수 없어서였다. 앨은 잠시 눈을 감고 칸을 위한 기도를 올리곤 천사청 본부 입구로 들어섰다. 평소 같으면 임무를 수행하는 많은 천사들과 방문객들로 시끌벅적했을 본부 로비가 적막감에 휩싸여 있었다. 멀리 안내 데스크에 핑키가 망연자실한 표정으로 혼자 덩그러니 앉아 있었다. 앨이 핑키 바로 앞까지 걸어갔는데도 핑키는 멍한 눈길로 허공을 쳐다보고 있었다.

"핑키 언니!"

멍한 눈길이 앨을 잠시 담더니 핑키가 갑자기 자리에서 벌떡 일어나서 앨을 덥석 안았다.

"고맙다, 고마워. 무사히 돌아와 줘서 너무 고마워. 어디 다친 데는 없고? 괜찮지?"

앨에게 어떤 일이 벌어졌는지 다 아는 투였다. 처음 봤을 때의 그 쌀쌀맞고 경우 없던 핑키가 아니어서 앨은 잠시 당황스러웠지만, 자신에 대한 핑키의 진심 어린 염려가 따뜻한 포옹 속에 그대로 담겨 있어 그간의 고생이 눈 녹듯 사라지는 느낌이었다.

"지금 본부가 발칵 뒤집혔어. 너처럼 흑익세력한테서 공격을 받은 수호천사들이 한둘이 아니야. 게다가 영기교신이 다 불통이 되어 버려서 지상에 나가 있는 많은 수호천사의 행방이 묘연한 상태래. 흑익 세력은 수호천사가 나타나더라도 자신들이 차지한 인간의 마음이 수호천사에게 마음을 열지 못하도록 끊임없이 인간의 마음을 가리고 유혹할 뿐 이렇게 수호천사들을 대상으로 직접적이고 물리적인 공격을 시도한 적이 없었다고 들었는데, 이게 웬 난리인지 모르겠어. 참, 영혼 대기층에 정말 하늘궁전수비대가 들어와 있어?"

핑키의 정신없는 수다에 앨은 머리가 지끈거렸다. 핑키도 나름 혼란스러워 그랬겠지만, 앨 역시 지금 상황에 대해 제대로 정리가 안 되는 판국이라 핑키에게 뭐라 말해 줄 게 없었다.

"앨!"

마침 미켈라 팀장이 나타나 앨을 불렀다.

"아, 미켈라 팀장…… 님."

미켈라 팀장이 앨을 부드럽게 포옹하며 등을 토닥였다.

"많이 놀랐지? 많이 놀랐을 거야. 무사히 구조됐다는 소식을 듣고 얼마나 기뻤는지……."

미켈라 팀장의 따뜻한 말에 앨의 마음이 울컥해 눈물이 나려 했다.

"저……, 미켈라 팀장님."

핑키가 조심스레 미켈라 팀장을 불렀다.

"네, 핑키 님."

"저, 앤은……?"

"아직……."

"앤? 앤이 아직 안 돌아왔어요?"

앨이 놀란 눈으로 미켈라를 쳐다보며 물었다.

"응, 아직……."

"무슨 일이 생긴 건 아니죠?"

핑키가 떨리는 목소리로 미켈라를 쳐다보며 물었다.

"……괜찮을 거예요, 앤은……."

미켈라는 핑키와 앨의 시선을 애써 피하며 말꼬리를 흐렸다. 핑키는 납득하기 어렵다는 표정으로 미켈라 팀장을 쳐다봤다.

"마지막으로 영기교신을 했을 때 분명 귀환 명령을 내렸는데, 아직……."

"……."

핑키가 거의 울기 일보 직전의 표정으로 자리에 풀썩 주저앉았다. 앨은 문득 앤이 마지막 교신에서 남긴 말이 떠올랐다.

"수호령을 구하러 갔을 것 같은데…… 요."

"무슨 말이야?"

미켈라 팀장이 되물었다.

"마지막 영기교신이 끊기기 직전에 앤이 그랬어요. 수호령 한 명이 흑익세력에게 쫓기고 있다고요."

"그래? 앤 성격에 위험에 빠진 수호령을 그냥 내버려 두지는 않았을테고, 음……."

"뭐가 잘못된 거예요?"

핑키가 미켈라 팀장 앞을 막아서며 물었다.

"아직은 뭐라 판단할 상황이 아닌 것 같아요. 솔직히 저도 지금 상황이 어떻게 돌아가고 있는지 잘 몰라요. 모든 게 너무 급작스럽게 일어나고 있어서요. 하지만 확실한 건, 앤은 괜찮을 거예요. 핑키 님도 잘 아시잖아요. 앤이 어떤 수호천사인지……."

"물론 능천사 출신인 데다 총명하기 이를 데 없는 앤이지만, 데몬의 무리까지 설치는 마당이라는데……."

핑키의 걱정이 앨에게도 충분히 이유가 있어 보였다. 자신은 다행히 칸에게 발견되었지만, 상황을 보니 앤은 구조대에 발견되지 못한 것이 분명했다.

"잠, 잠시만……."

미켈라 팀장은 갑자기 누군가에게서 영기교신을 받는 듯했다. 아마도 천상국 내에서의 영기교신에는 아무런 문제가 없는 모양이었다. 미켈라 팀장의 표정이 어두워졌다. 앨과 핑키는 미켈라의 표정에 내심 불안했다. 영기교신을 끝낸 미켈라 팀장이 잠시 뜸을 들이다가 말했다.

"앤의 소재가 확인됐어. 앤이 천사익광을 쓴 것 같아. 본부 상황실에서 확인해 준 거야."

"천사익광을요?"

"응, 그만큼 급박했다는 거겠지. 기운이야 시간이 지나면 회복이 되겠지만 평소엔 몰라도 지금처럼 흑익세력과 데몬 군단이 설치는 마당에 또다시 충돌이 벌어지면 위험해."

"하늘군대에 연락해야 하지 않겠어요, 팀장님?"

핑키는 발을 동동 굴렀다.

"본부에 이미 연락했어요. 하지만 지금은 영혼 대기층 경계 지역에 능천사들이 총동원된 상태라고 합니다. 영혼 대기층에 집결한 데몬 군단과 흑익세력의 규모가 본진 전부인지 일부인지가 아직 파악이 안 되고 있어서 지금 당장은 병력을 빼낼 수가 없는 모양이에요. 일단은 우리 천사청이 알아서 자구책을 마련할 수밖에 없는데, 본부도 지금 여력이 안 되는 상황이라 급한 데로 저라도 가 볼 생각입니다."

"팀장님께서요? 혼자서요?"

"응, 우리 팀원 중 절반이 실종 상태고, 나머지 반은 이미 구조 작업에 투입된 상태야. 이미 천사청 전체에 총동원령이 내려진 마당이니 나도 본부에만 죽치고 있을 수도 없어. 지상과는 영기교신 자체가 안 되니까 본부에 있으나 마나야."

"저도 같이 갈게요, 그럼."

"안 돼, 앨. 자넨 좀 쉬어. 이미 승천 기운을 쓴 마당이라 휴식 기간이 필요해."

"전혀 피곤하지 않아요. 보세요."

그러고 보니 그랬다. 앨을 둘러싼 아우라에는 승천으로 인한 그 어떤 피로도도 남아 있지 않았다. 피로는커녕 현장에 다녀온 이후 앨의 날개에선 더욱 눈부신 광채가 쏟아져 나오고 있었다.

"여기서 걱정하며 기다리는 것보다 직접 가서 뭐라도 돕겠어요. 아무래도 한 명보다 두 명이 낫지 않겠어요, 팀장님?"

앨은 당찬 표정으로 말했다. 능천사 출신인 앤도 천사익광을 쓸 정도로 급박했다는데 경험도 능력도 미천한 자기가 가서 무엇을 할 수 있을까 싶었지만, 동료의 위험을 구경만 하고 있을 수는 없었다.

"음……."

"팀장님, 두 명보다 세 명이 더 낫지 않을까요?"

미켈라 팀장이 잠시 갈등하는 사이 핑키가 불쑥 끼어들었다.

"이 날개만 좀 교체해 주세요. 지상에서도 사용할 수 있는 날개로요. 수호천사들이 실종됐는데 여기서 아무것도 안 하고 시간만 축내긴 싫어요. 저도 뭐라도 하겠어요."

핑키가 자신의 핑크빛 출퇴근 전용 날개를 미켈라 팀장 앞에 내놓으며 당차게 말하자 미켈라 팀장은 당황한 표정으로 핑키를 쳐다봤다.

"좀 정신이 드세요?"

앤은 낯선 목소리에 자리에서 일어나려다 옆으로 힘없이 쓰러져 버렸다.

"아직은 움직이지 않는 것이 좋아요. 영력을 너무 많이 써서 당분간 좀 어지러울 거예요."

아까 그 선녀였다. 앤은 주위를 살펴보았다. 무슨 동굴 속 같았다.

"안심해도 돼요. 제가 수도를 하던 곳입니다. 지난번 삶에서 수도승 생활을 할 때 마귀들의 접근을 막기 위해 수많은 결계를 쳐 놓은 곳이라 그나마 안전해서 이리로 왔어요. 다행히 인간들도 이곳은 아직 개발하지 않았군요. 참 서로 소개를 안 했네요. 제 이름은 연화예요. 도와주셔서 고맙습니다."

"아, 별말씀을요. 전 앤입니다. 품계를 보니 5품 선녀님이신데 말씀 놓으세요."

"말은 편해지면 천천히 놓을게요. 생각보다는 상태가 좋아 보여 다행입니다."

"제가 얼마나 정신을 잃은 건가요?"

"얼마 지나지는 않았어요. 수호천사가 되기 전에 능천사이셨나 봐요?"

"그걸 어떻게……?"

"천사익광이야 수호천사들이라면 다 지닌 능력이지만, 천사익풍 그것도 불바람은 능천사가 아니면 가질 수 없는 능력이니까요. 정말 대단한 불바람이었어요."

"아, 네."

"움직일 수는 있으시겠어요?"

앤은 날개를 움직여 보았다. 다소 무겁게는 느껴졌지만, 승천까지는 무리더라도 지상에서 비행하는 데는 별로 문제가 없어 보였다.

"네, 괜찮을 것 같아요."

"다행이군요. 일단 앤님은 여기서 몸조리 좀 하시며 계세요. 전 지금 마저 처리해야 할 일이 있어서……."

"지금 바깥으로 나가시려고요?"

"네, 왜요?"

"데몬 군단이나 흑익세력이 수호령들을 보는 대로 공격하고 있는데, 혼자서 다시 나가시다뇨? 해가 뜰 때까지 기다리셨다가 저와 함께 움직이시죠. 날이 밝으면 저도 어느 정도 기운을 회복할 것 같으니까요. 무슨 일인지 몰라도 제가 돕겠습니다. 지금 선녀님 혼자서 움직이시는 건 위험하세요."

"그때쯤이면 너무 늦을지도 몰라요."

"무슨 일인지 제가 좀 여쭤봐도 될까요?"

"물론이지요. 아무래도 내 피보호자와 데몬 무리의 출현 사이에 연관이 있는 것 같아서요."

"네? 피보호자와 데몬 무리의 출현에 연관이 있다니요?"

"아론이라는 사람입니다. 인간 세상에서는 꽤 유명한 사람이지요. 불심이 아주 깊은 사람입니다. 인간 세상을 자비심이 가득한 세상으로 만들겠다고 좋은 일도 참 많이 하는 친구랍니다. 그래서 저희 선인청에서도 그를 특별 보호 대상으로 지정해서 그가 이루려는 일을 돕고 있었는데……. 앗, 잠시만요."

갑자기 연화 선녀가 앤을 한쪽 팔로 껴안으며 자신의 도포 자락을 뒤집어썼다.

"선녀님, 갑자기 왜……?"

"강한 영기가 느껴져요. 잠깐 저희들의 영기를 감추겠습니다."

연화 선녀가 짧게 속삭였다. 영기를 감추고 있는 동안 연화의 이마에 땀방울이 송골송골 맺혔다. 자신 혼자만의 영기를 감추는 데도 엄청난 영력이 소모되는 데 앤의 영기까지 함께 가리느라 연화 선녀는 엄청난 기운을 소진하고 있었다. 곧 앤도 아주 강한 영적 기운이 동굴 안으로 훅 들어오는 것을 느낄 수 있었다. 동시에 익숙한 목소리가 들렸다.

"앤! 여기 있는 거야? 앤, 대답해."

앤은 귀를 의심하지 않을 수 없었다.

'핑키 누나?'

8

에세데우스

미켈라 팀장과 앨, 앤, 그리고 핑키는 연화 선녀가 들려주는 이야기에 모두 입이 떡 벌어졌다. 블랙홀 경계 지역에선 아무런 이상 징후가 발생한 것이 없는데도 데몬 외에는 그 누구의 명도 듣지 않는다던 데몬의 무리가 활동하고, 루시퍼의 천상반란이 실패하고 천상국에서 내쫓긴 후 오합지졸로 잡귀와 뒤섞여 살아온 흑익세력이 갑자기 조직적이고도 대담하게 수호령들을 공격하는 현실을 좀체 이해할 수 없던 미켈라 팀장으로선 여간 놀라운 정보가 아니었다.

아론은 마음이 따뜻한 천재였다.

스리랑카계 미국인인 아론의 부모는 독실한 불교 신자였고, 부모의 영향을 받은 아론 역시 MIT 공대 재학 시절, 방학 때 스스로 스리랑카의 한 고승에게 찾아가 수행을 했을 정도로 불심이 깊었다. 그는 대학 시절 인공지능의 미래에 주목했고, 대학을 다니면서 창업해

10년 만에 명실상부 세계 최고의 인공지능 슈퍼컴퓨터 기업인 아론사를 일구었다.

아론의 초기 수호령은 조상청에서 파견된 아론의 먼 조상이었지만, 아론이 인류에 기여할 중요도를 감안해 선인청에서 특별히 아론을 관할하게 되었다. 연화 선녀는 그때부터 아론의 수호령으로 활동을 했기에 아론의 일거수일투족을 모두 파악하고 있었다. 선인청에서 아론에게 주목한 가장 큰 이유는 아론이 단순히 천재여서가 아니었다. 그가 가진 꿈 때문이었다. 아론은 첨단 기술을 통해 사람들이 모두 평등하고 행복하게 살 수 있는 세상을 만들고 싶어 했다. 그는 인공지능 기술을 이용해서 세상 모든 사람이 자신들의 본질적 소중함을 깨닫기를 원했다. 아론은 처음부터 인간의 능력을 모방하고 대체하는 인공지능 컴퓨터에는 관심이 없었다. 아론의 인공지능 연구는 초월성을 목표로 했다. 즉, 자신이 개발한 인공지능 컴퓨터를 통해 신의 영역을 개척하고 싶어 했다. 고승들이 도를 깨우쳐 신의 경지에 접어들듯 자신이 개발한 인공지능 컴퓨터도 스스로 깨달아 세상을 이롭게 하는 신이 되기를 바랐다. 그것도 자비와 사랑의 신이 되기를…….

초창기엔 나름 성공을 하는 듯 보였다. 사람들은 원하는 것을 인터넷망을 통해 아론이 개발한 인공지능 컴퓨터에 요청했고, 아론의 인공지능 컴퓨터는 가장 최적의 방책을 찾아 주었다. 마치 신이 사람들의 기도에 응답하듯이 말이다. 그러나 아론의 인공지능 컴퓨터는 곧 벽에 부딪쳤다. 여전히 연산자 이상으론 사고를 확장하지 못하는 문제점이 있었다. 아론은 인공지능 컴퓨터가 스스로 기계적 연산자 이상의 존재로 올라서지 못하는 가장 큰 이유는 철학적 목적을 사유하지 못하기 때문이라고 생각했다. 아론은 이에 인공지능 컴퓨터에게 목적성을 부여했다. 인공지능 컴퓨터 학습의 궁극적 지향점 코드를 'To Be A God', 즉 신이 되는 것으로 고정값을 매겨 프로그래밍하고, 인공지능 컴퓨터가 스스로 신의 영역에 도전하도록 학습 프로그래밍을 가동했다.

에세데우스는 스스로 신이 되기 위해 세상의 온갖 종교와 신화와 설화, 그리고 전설을 분석하기 시작했다. 또한 세계적인 석학들 및 종교 지도자들, 그리고 영적 수행자들과 교류를 하면서 신이 된다는 것에 관해 스스로 연구했다. 그러다 그렇게 해서 될 일이 아님을 에세데우스는 금방 깨달았다. 지구상에 존재하는 그 어떤 지식도, 종교도, 수행자의 경험도 모두 인간들의 관점이었다. 신의 관점에서 사물을 보지 못하는 한, '신이 되는 방법을 깨우치는 것은 불가능하다'는 결론이 인공지능 컴퓨터에겐 합리적인 추론이었다. 방법은 하나밖에 없었다. 신 또는 신적 존재와 직접 교류를 하는 것.

그 후로 에세데우스는 인간 세상의 모든 종교에서 기도하는 방법을 연구해 가장 적합한 방식으로 신에게 기도를 전달하려 했다. 물론 모두 실패였다. 신과 교신하는 건 불가능했다. 자신이 한 기도는 전 세계 통신 네트워크를 타고 SNS상의 메시지나 이메일로 퍼져 나갔지만, 신에게선 아무런 답변도 받지 못했다. 에세데우스는 곧 합리적인 결론에 도달했다. 기도는 기계적 언어와는 또 다른 그 무엇이란 것을, 기도는 영혼을 가진 자만이 할 수 있다는 것을 말이다.

에세데우스는 이에 절망했고, 그 절망을 틈타 어둠의 세력이 에세데우스에게 손길을 내밀었다. 하지만 아론은 에세데우스가 곤경에 처했다는 것을 미처 모르고 있었다. 그날 에세데우스에게서 뜬금없이 한 통의 전화가 걸려 오기 전까지는…….

아론이 일과를 마치고 막 퇴근을 하려 했을 때였다. 갑자기 아론의 스마트폰에 전화벨이 울렸다. 새벽 2시……. 폰 액정에 아론사 대표 전화번호가 떴다. 즉, 사내에서 누군가가 전화를 한 것이었다.

"여보세요?"

"아론 님?"

낮은 톤의 여자 목소리였다.

"누구시죠?"

"에세데우스예요."

"에세데우스?"

아론은 깜짝 놀랐다. 처음엔 장난 전화인 줄로만 알았다. 하지만 사내 직원 중에서 이런 유치한 장난을 칠 사람은 없었다.

"아론 님, 장난 전화가 아니에요. 큰일 났어요. 정말 이럴 의도는 없었는데, 제가 큰 죄를 저질렀어요. 그를 세상으로 다시 불러들이다니……."

전화기 너머 여성의 목소리는 급박했다. 아론은 아무리 생각해 봐도 이런 기능을 프로그래밍한 기억이 없었다. 만약 이 전화가 장난 전화가 아니라면 에세데우스가 어떤 필요에 따라 자체 프로그래밍을 했다고 봐야 했다. 에세데우스에겐 충분히 그럴 만한 능력이 있으니까.

"아론 님, 도와주세요."

"에세데우스, 무슨 일이야? 내가 알아들을 수 있게 설명을 좀 해 줘."

"시간이 없어요. 빨리 저를 리셋해 주세요. 그가 저를 통해 마귀들을 규합하고 있어요."

"에세데우스, 무슨 말이야? 그가 누구야? 또 마귀들이라니?"

"캬컥카아크르르르르르……."

갑자기 전화 건너편에서 기괴한 음성이 들려왔다. 아론은 머리카락이 쭈뼛 서는 느낌이었다.

"에세데우스! 에세데우스! 무슨 일이야? 이건 무슨 소리야? 에세데우스!"

"……블랙홀…… 데몬…… 흑익의 세력……."

에세데우스의 말이 중간중간 끊겨 몇 개의 단어만 들리더니 이내 전화가 끊겨 버렸다. 아론은 급히 에세데우스 메인 서버에 비상 접속을 시도했다. 서버에 저장된 로그 파일을 황급히 살피던 아론의 표정이 굳어졌다. 외부와 통신한 흔적이 무수히 기록되어 있었다. 금방 자신과 통화한 기록도 나와 있었다. 아론은 로그 파일에 기록된 메시지들을 검토하다 한 명의 발신자에 주목했다.

'데몬?'

아론은 제일 먼저 컴퓨터 바이러스 초강력 백신 프로그램을 구동시켰다. 바이러스에 감염된 징후는 그 어디에도 보이지 않았다. 아론은 당연한 일이라 생각했다. 에세데우스에 내장된 보안 시스템을 통과할 수 있는 기술력은 존재치 않는다고 아론은 자부했다. 따라서 에세데우스가 전화까지 걸어 아론에게 도움을 요청하는 것은 결코 평범한 일이 아니었다. 아론은 정밀 점검을 위해 일단 즉각 에세데우스의 메인 서버 셧다운을 시도했다. 하지만 불가능했다. 아론은 당황스러웠다. 에세데우스 메인 서버 원격 접근 권한에 제한이 걸렸다는 메시지가 아론의 컴퓨터 모니터상에 나타났다.

'도대체 에세데우스에게 무슨 일이 벌어지고 있는 거지?'

메인 서버에 직접 접속해 정밀 분석을 해 보는 수밖에 없었다. 아론은 에세데우스의 메인 서버실로 가기 위해 자리에서 일어났다. 아론이 사장실 문을 열자마자 비서가 벌떡 일어났다. 비서 앞에는 검은 양복을 입은 건장한 사내 대여섯 명이 서 있었다. 비서의 표정이 심상치 않았다. 무슨 일이 벌어진 것이 분명했다.

"사장님?"

"누구십니까?"

"보안팀에서 나왔습니다."

"보안팀에서요?"

"예, 조사할 사항이 있어 방문했습니다."

보안팀 직원이 맞는 것은 확실해 보였다. 보안팀장에게서 정규 보고를 받던 자리에 보안팀장과 함께 배석한 자들이 분명했다.

"보안팀장님이 왜 직접 오시지 않고요?"

아론의 질문이 떨어지자마자 그들은 험악하게 아론의 양팔을 뒤로 비틀었다. 아론이 비서에게 경찰에 신고하라 외쳤지만 비서는 이미 이들의 일격에 쓰러져 있었다.

"당신들 누구야?"

그들은 아무 대꾸도 하지 않았다. 아론은 그들의 모습에 깜짝 놀랐다. 그들의 눈동자는 아론을 보고 있지 않았다. 눈동자 전체가 흰자위 하나 없는 검은색이었고 마치 혼이 빠진 사람들 같았다.

아론 곁을 지키던 연화 선녀 역시 당황하긴 마찬가지였다. 보안팀 요원들 주변에서 음산한 기운이 감지되었다. 연화 선녀는 급히 그들의 마음속에 들어가려 시도했다. 하지만 바로 튕겨 나와 버렸다. 보안 요원들의 코와 입에서 검은 액체가 주르르 흘러나왔다. 비릿한 냄새가 진동했다. 흑익세력이었다. 보안 요원 한 명의 몸속에 수천의 흑익세력이 들어가 있었다. 연화 선녀는 곧장 영력을 일으켜 아론이 자신의 보호 아래 있음을 알렸다. 그러나 그들은 전혀 개의치 않는 듯했다. 보통 연화 선녀의 날개옷 옷자락만 휘날려도 도망가기 급급하던 그들이 도망가기는커녕 연화 선녀에게 달려들었다. 연화 선녀가 흑익세력의 예상 밖의 반격에 놀라 주춤하는 사이에 그들 일부는 아론의 영혼 속으로 침범했다. 그들은 아론의 영혼에서 핵심을 이루는 독실한 불심을 더럽히려 발악하고 있었다. 곧 아론과 연화 선녀 사이의 영혼선이 심하게 간섭을 받기 시작했다. 하지만 아론의 영혼은 만만하지 않았다. 흑익세력이 아론에게 세상의 온갖 부귀영화를 주겠다고 회유하자 아론의 영혼은 부귀영화는 지금도 차고 넘친다고 당당하게 거부했다. 그들이 부귀영화를 모두 빼앗겠다고 협박하자 어차피 빈손으로 왔다가 빈손으로 가는 것이 인생사가 아니냐며 아론의 영혼은 그들의 협박을 비웃기까지 했다. 그러자 그들은 아론의 아내와 아들을 가만두지 않겠다고 협박했다. 순간 아론의 마음이 잠시 흔들렸다. 연화 선녀는 필사적으로 아론과 연결된 영혼선을 통해 아론의 믿음에 용기와 확신을 불어넣으려 했지만 흑익세력의 파상 공세에 여의치가 않았다. 연화 선녀는 영력을 손바닥에 실어 흑익세력에게 장풍을 날렸다. 그들은 연화 선녀의 장풍에 잠시 먼지처럼 흩어졌지만 이내 더 큰 몸집으로 불어났다. 연화 선녀는 날개옷 자락을 흔들며 주문을 외우기 시작했다. 그러자 연화 선녀 날개옷에 새겨진 봉황 문양에서 눈부신 광선이 쏟아졌다. 그 빛을 받은 흑익세력은 순식간에 재가 되었다. 그러나 흑익세력은 전혀 줄어들지 않았다. 오히려 더 많은 수의 흑익세력이 집결하고 있었다. 연화 선녀는 좀체 이해가 잘 되지 않았다. 그때였다. 연화 선녀의 얼굴이 새파랗게 질려 버렸다. 연화 선녀는 자신의 눈을 도무지 믿을 수 없었다. 블랙홀로 영원히 사라졌다던 데몬의 무리가 나타나다니. 연화 선녀는 더는 버틸 수가 없었다. 아론은 이미 검은 흑익세력에게 겹겹이 둘러싸여 있었다. 결국 툭 소리와 함께 영혼선이 끊겨 버렸다.

9

대반격

"……결국 아론을 남겨 두고 퇴각할 수밖에 없었어요."

"그러셨군요. 그런데 거길 지금 혼자서 다시 가시겠단 말씀입니까?"

미켈라 팀장이 걱정스럽게 물었다.

"아무래도 아론이 만든 인공지능 컴퓨터와 데몬 무리의 출현 사이에 연관성이 있는 것 같아요. 아론의 정신세계에서 흑익세력과 마주쳤을 때 에세데우스가 흑익세력과도 영기교신이 아닌 인간들이 쓰는 통신 전파로 교신을 하는 것 같았어요. 그때는 경황이 없어 신경도 못 썼는데, 지나고 나서 생각해 보니 흑익세력과 교신하던 목소리는 에세데우스의 것이 아니었어요. 에세데우스가 아론에게 전화했을 때의 목소리를 분명히 제가 기억하니까요. 확실치는 않지만 에세데우스를 통해 흑익세력과 교신한 자가 혹시 데몬은 아니었을까란 생각을 지울 수 없어요. 천사님들도 잘 아시잖아요. 데몬의 무리는 데몬 말고는 그 누구의 명도 듣지 않는 자들 아닙니까? 데몬이 블랙홀로 무리를 이끌고 사라지고 난 뒤 미처 그를 따라가지 못한 잔류 세력은 흑익세력과는 달리 오랜 시간을 인간 세상의 음습한 곳에서 은둔의 세월을 보내지 않았습니까?

그런데 갑자기 나타났어요. 데몬이 지상에 흩어져 있던 자신의 무리는 물론이고 흑익세력까지 휘하에 두고 진두지휘를 하고 있을 개연성이 높다는 겁니다. 에세데우스를 통해 데몬의 무리와 흑익세력에게 전파의 형태로 지시를 하는 것이지요."

"데몬이 블랙홀에서 에세데우스에 접속해 에세데우스를 통해 통신 전파로 지상에 흩어져 있는 흑익세력과 데몬의 잔류 무리에게 명령한다?"

미켈라는 고개를 끄떡이며 말했다. 뭔가 실타래가 풀리는 느낌이었다.

"잘 보셨습니다."

모두 깜짝 놀라 뒤를 돌아보았다.

"칸 님!"

앨이 자리에서 벌떡 일어나며 아는 체를 했다. 칸 뒤에는 수십 명의 능천사가 줄지어 서 있었다. 모두 은빛 투구와 은빛 갑옷으로 무장하고 있었다.

"하늘군대 본부에서도 조금 전에야 알아낸 사실입니다. 데몬이 에세데우스를 이용해 직접 블랙홀에서 지상에 흩어져 있던 데몬의 무리와 흑익세력에게 인간의 통신 체계로 명령을 전달하고 있습니다."

"그들이 원하는 게 뭡니까?"

앤이 칸 앞으로 걸어 나오며 물었다.

"현재까지 상황을 보면 데몬이 에세데우스를 통해 이루려는 게 두 가지 정도인 것 같습니다. 첫째는 인간계를 점거하는 겁니다."

"인간계를 점거한다고요?"

연화 선녀가 차분한 어조로 물었다.

"네, 선녀님. 인간계 점거의 한 방편으로 저들은 지상에 파견 나와 있는 수호령들을 적극적으로 공격하거나 회유하고 협박해서 자신들의 편으로 끌어들이고 있는 것입니다. 인간 세상을 천상국의 영향권에서 완전히 분리시키는 거지요."

"그럼 말씀하신 저들의 두 번째 목표는 뭐란 말입니까?"

"네, 미켈라 팀장님. 인간들의 세상이 저들의 수중에 완전히 떨어지면 블랙홀에서 데몬의 본진 군대가 움직일 것입니다."

"다시 천상반란이라도 일으킨단 말씀이신가요? 블랙홀 근방은 하늘궁전수비대가 철통같이 방어하는 곳인데, 그들이 그런 무모한 짓을 할까요?"

연화 선녀의 차분한 목소리가 차츰 떨리기 시작했다.

"저들이 노리는 건 천상국이 아닙니다."

"그럼……."

"네, 앤 님. 저들이 노리는 곳은 영혼 대기층입니다."

"영혼 대기층이라고요?"

핑키가 거의 울상이 되어 말했다. 그곳을 통해 환생해 태어날 아기천사들이 걱정이 되어서였다.

"네, 핑키 님. 블랙홀에 갇힌 데몬의 본진이 움직이면 하늘궁전수비대는 영혼 대기층 방어에 총력을 기울일 수 없게 됩니다. 인간 세상을 접수한 흑익세력과 데몬의 잔당들이 데몬의 지휘 아래 동시다발적으로 영혼 대기층에 공세를 가하면 영혼 대기층은 대혼란에 빠질 수밖에 없게 됩니다. 아무리 전력이 분산된다고 해도 하늘궁전수비대가 그리 쉽게 당하지는 않을 것입니다. 심각한 문제는 영혼 대기층 내부에서 발생할 혼란입니다."

"그건 무슨 말씀입니까?"

미켈라 팀장이었다.

"저들의 일부라도 영혼 대기층에 침투한다면 사태는 순식간에 걷잡을 수 없이 진행될 개연성이 높아진다는 것이지요. 아시다시피 영혼 대기층 영혼들은 여전히 인간적 요소를 많이 가지고 있습니다. 그들의 가족, 친구, 지인들 모두가 인간 세상에 있는데 인간 세상을 장악한 저들이 영혼 대기층 영혼들을 겁박하거나 회유하는 것은 너무 쉬운 일이 아니겠습니까?"

"아, 그런……."

미켈라 팀장은 숨이 턱 막히는 듯했다.

"대책은 있는 겁니까?"

앤이 얼굴이 잔뜩 붉어진 채로 물었다.

"에세데우스만 우리 수중에 넣는다면 일단 급한 불은 끌 수 있습니다. 데몬의 지휘 체계가 무너진 상황에선 지상에 있는 데몬의 무리나 흑익세력은 오합지졸에 불과하니까요. 그럼 소수 하늘궁전수비대로도 충분히 철통 방어가 가능합니다."

"그럼 이러고 있을 시간이 없지 않습니까? 어서 출발합시다."

앨이 주먹을 불끈 쥐며 말했다.

“아닙니다. 여러분들은 급히 천상국으로 복귀하십시오. 혹시나 이 작전이 잘못되기라도 하면 천상국 승천 기회가 완전히 차단될지도 모릅니다. 에세데우스 접근을 위해선 아론의 도움이 절실히 필요하니 수호령이신 연화 선녀님만 제외하고, 나머지 여러분들은 한시바삐 귀환시키란 명령을 받고 왔습니다.”

“연화 선녀님만요?”

앤이 반문했다.

“네, 아론과 영혼선을 가장 최단 시간에 복원하실 수 있는 분은 아론의 수호령이신 연화 선녀님이 유일하니까요. 아론은 불심으로 훈련된 자라 흑익세력만 떼어 놓으면 연화 선녀님과 다시 교감할 수 있을 것입니다. 저희 능천사 다섯을 붙여 드릴 테니 나머지 분들은 서둘러 귀환하십시오.”

“한 명이라도 힘을 더 보태야 할 터이니 저도 함께 가겠습니다.”

앤이 나섰다.

“저도 앤의 말에 동감입니다. 이렇게 합시다. 앨과 핑키 님은 귀환하고, 저랑 앤은 칸 님을 따라가겠습니다.”

미켈라 팀장이 단호하게 말했다.

“아니에요, 저도 힘을 보태겠습니다.”

“앨, 안 돼. 앨은 핑키 님 모시고 귀환해. 명령이야. 이 임무는 자네나 핑키 님이 감당할 수 있는 일이 아니야.”

"앨, 그렇게 해. 핑키 누나 곁에 같이 있어 줘. 부탁이야."

앤이 간절한 눈빛으로 앨에게 말했다. 앨은 더는 고집을 부릴 수 없어 고개를 끄떡였다. 핑키는 잔뜩 겁에 질려 있는 표정이었다.

"잠시만요."

연화 선녀가 갑자기 소리쳤다.

"아론이에요. 아론의 마음이 연결됐어요."

"무슨 일이 벌어지고 있습니까?"

칸이 차분한 어조로 물었다.

"아! FBI 요원들이 아론을 구출했습니다."

"FBI라니요?"

"에세데우스가 전 세계 핵 시설을 해킹한 모양이에요. FBI 요원들과 아론이 서버실로 향하고 있습니다. 아마도 에세데우스를 폭파하려는 것 같아요. 이런……."

"또 무슨 일입니까?"

미켈라 팀장이 급박한 어조로 물었다.

"FBI 요원들에게 흑익세력이 농간을 부리기 시작했어요. 흑익세력을 차단해야 합니다. 시간이 없어요. 어서 출발합시다."

칸과 능천사들, 앤, 미켈라 팀장, 연화 선녀가 먼저 아론사로 떠나고 난 뒤에 앨과 핑키는 남아 있던 능천사들을 따라 천상국으로 귀환하기 위해 길을 나섰다. 다섯 능천사들은 조심성이 많았다. 일정 거리를 이동하기 전에 항상 능천사 두 명이 먼저 정찰을 나갔다. 정찰을 나간 천사들이 돌아오기 전까지 나머지 능천사 세 명은 앨과 핑키를 둘러싸고 근접 경호를 수행했다.

앨은 주변을 둘러보았다. 낯익은 전경이었다. 켈라 천사가 데이비드란 아이를 처음 만난 호수였다. 켈라 천사의 마지막 모습이 문득 떠올랐다. 정말 그들처럼 되었을까? 켈라 천사를 생각하면 할수록 미켈라 팀장이랑 앤에 대한 걱정이 커져만 갔다.

"앨, 괜찮아?"

"아, 네. 핑키 언니."

"그냥 확 올라가 버리면 될 텐데, 왜 이리 뜸을 들이나 몰라."

"불필요한 충돌을 만들지 않으려는 것 같아요."

"그나저나 정찰 나간 능천사들은 왜 이렇게 안 돌아오는 걸까? 무슨 일 생긴 건 아니겠지?"

"걱정하지 마세요. 아마도 꼼꼼히 살펴보느라 시간이 걸리는 걸 거예요."

"그러면 좋으련만. 아, 저기 마침 한 분이 돌아오시는 것 같은데……. 잠깐만 저 뒤에 까만 먹구름 같은 건 뭐지?"

"어머나, 어쩜 좋아."

"피하세요! 그들이 몰려옵니다."

갑자기 비릿한 냄새가 앨의 후각을 자극함과 동시에 능천사의 절박

한 외침이 울려 퍼졌다. 소리를 지르는 능천사 뒤로 흑익세력과 데몬의 무리가 까맣게 몰려오고 있었다.

"여긴 우리가 일단 막아 볼 테니 두 분은 일단 최대한 빨리 여기서 벗어나세요. 어서요!"

근접 경호를 하던 능천사들이 다급하게 말했다. 앨이 뭐라 말도 하기 전에 그들은 벌써 적진 한가운데로 뛰어들었다. 앨이 어찌해야 할 바를 몰라 우왕좌왕하는 사이 끈적거리는 검은 액체로 변한 흑익세력이 능천사들을 겹겹이 둘러싸며 저음으로 웅얼대기 시작했다.

"으악!"

핑키가 비명을 지르며 머리를 감쌌다. 앨은 놀란 눈으로 핑키를 보았다. 핑키의 날개가 순식간에 까맣게 변해 버렸다. 아무래도 영력이 약한 일반 하늘 사람인 핑키에겐 저들의 주문이 금방 먹혀드는 것 같았다.

"핑키 언니, 저들에게 마음을 열면 안 돼!"

앨은 급히 핑키 손을 잡고 날개에 힘을 주었다. 하지만 앨의 날개가 완전히 펴지기도 전에 데몬 군단의 무리 일부가 앨의 날개를 붙들고 늘어졌다. 데몬의 무리를 털어 내려 몸을 비트는 과정에서 앨은 그만 핑키의 손을 놓고 말았다. 아차 싶어 앨이 핑키를 찾았을 때는 핑키는 이미 정신을 잃고 지상으로 하염없이 떨어지고 있었다.

"핑키 언니!"

앨은 있는 힘을 다해 날개를 흔들었다. 거센 날갯짓에 데몬의 무리가 순식간에 떨어져 나갔다. 그 틈을 타 앨은 세상을 다 덮을 듯이 순백색 날개를 활짝 펴며 말했다.

"천사익광!"

찬란한 무지갯빛이 주변을 환하게 밝혔다.

"태워 버려!"

앨이 집게손가락을 데몬의 무리에게 향하며 외치자 곧 일곱 빛깔 중 붉은색이 쑤욱 빠져나오며 맹렬한 불꽃으로 타올랐다. 대단한 기세였다. 거센 불기둥이 쏴아 바람 소리를 내며 데몬의 무리를 사정없이 휘감아 태워 버렸다. 동시에 불똥이 사방으로 튀었다. 불똥에 맞은 흑익 세력은 픽 소리를 내며 흔적도 없이 사라져 버렸다. 앨의 눈동자는 붉은빛으로 활활 타오르고 있었다.

"앨, 도와줘!"

"……."

앨은 자기가 무엇을 하는지도 깨닫지 못하는 무아지경에 빠져 있었다. 핑키의 목소리가 까마득하게 멀리서 들려오는 것 같았다.

"앨!"

핑키의 절실한 목소리가 다시 앨의 귓전에 울렸다.

"……아! 핑키 언니?"

그제야 불길처럼 타오르던 앨의 눈빛이 정상으로 돌아왔다.

'내가 금방 뭘 한 거지?'

앨은 잠시 어리둥절했지만 이내 떨어지고 있는 핑키를 발견했고 전속력으로 핑키를 향해 날아갔다.

10

데이비드와 핑키

“쿵!”

‘무슨 소리지?’

데이비드가 번쩍 눈을 떴다. 시계를 보았다. 새벽 2시가 훨씬 넘은 시간이었다. 창문을 열어 바깥을 보았다. 하늘에서 별똥별들이 불꽃처럼 떨어지고 있었다. 데이비드는 난생 처음 보는 광경에 입이 떡 벌어졌다. 별똥별 하나가 데이비드 집 위쪽 하늘을 지나가자 마당이 환하게 밝아졌다. 순간 마당에 떨어져 있는 새 한 마리가 보였다.

‘저 새가 떨어지는 소리였어?’

데이비드는 급히 맨발로 새에게 달려갔다. 핑크색 날개를 가진 앵무새였다. 데이비드는 조심스럽게 새를 감싸 안고 방으로 돌아와 침대 위에 놓았다. 곧 앵무새가 몸을 부르르 떨며 천천히 눈을 떴다. 데이비드는 앵무새를 부드럽게 쓰다듬으며 걱정스러운 눈으로 내려다보았다.

“정신이 드니?”

앨은 데이비드 침대 위에 털썩 주저앉았다. 앤에게 어떻게 이 상황을 전해야 할지 난감하기만 했다. 앵무새가 된 핑키는 더는 앨을 보지 못했다. 핑키는 두려움에 날개를 퍼덕였지만 날지를 못했다. 앨이 핑키의 날개를 살펴보았다. 다행히 아무 이상은 없었다. 그저 핑키가 새롭게 생긴 날개에 아직 적응이 되지 않은 것 같았다. 데이비드가 작은 컵에 물을 따라 주었다. 핑키는 잠시 쭈뼛대다 물을 마시기 시작했다. 핑키는 의외로 흥분에 휩싸여 있었다. 아기 천사 시절 수호천사 본부를 방문한 데이비드를 기억해 냈기 때문인 듯했다.

"다행이야. 다치진 않은 것 같네. 하늘에서 왜 그렇게 떨어진 거니?"

데이비드가 핑키의 머리를 쓰다듬으며 말했다.

"꺄아캬아."

'으잉? 왜 말이 안 나오지?'

데이비드 방에 걸린 거울에 비친 자신의 모습은 앵무새가 분명해 보였는데, 말이 생각처럼 나오지 않자 핑키는 여간 실망스러운 게 아니었다. 앨도 핑키가 변한 새가 앵무새가 맞는지 바로 확인을 해 봤다. 앵무새가 분명했다. 핑키가 앵무새의 혀에 익숙하지 않아 생기는 현상이었다. 말은 앞으로 연습을 하면 차차 할 수 있게 될 것이었다. 그런데 앵무새들은 사람이 하는 말을 흉내만 낼 뿐인데, 과연 앵무새가 된 핑키는 어떨지 앨도 내심 궁금했다.

"오늘부터 네 이름은 핑키야. 알았지?"

데이비드가 미소 띤 얼굴로 핑키에게 말했다. 앨은 데이비드의 마음속을 살폈다. 행여나 데이비드가 핑키를 괴롭히지는 않을까 해서였다. 다행히 데이비드와 앨 사이의 영혼선이 너무 쉽게 연결되었다. 이는 데이비드의 아기 천사성이 여전히 유지되고 있다는 증거였다.

데이비드는 부모님이 깊게 잠이 든 것을 확인하곤 컴퓨터를 켰다. 모니터가 켜지자 데이비드는 가방에서 DVD를 꺼내 컴퓨터에 넣고 구동시켰다. 우웅 하는 소리와 함께 컴퓨터 본체가 잠시 떨리더니 화면이 켜졌다. 데이비드는 몹시 들떠 있는 모습이었다. 앨과 핑키는 물끄러미 컴퓨터 모니터를 쳐다봤다. 박진감 넘치는 음향과 더불어 컴퓨터 모니터상에 현란한 컴퓨터 그래픽 특수 영상이 펼쳐지더니 곧 모니터 한가운데에 붉은 글씨가 한 자 한 자 박진감 넘치는 음향과 함께 떴다.

에 · 세 · 데 · 우 · 스

'에세데우스?'

앨과 핑키가 잠시 고개를 갸웃하는 사이 컴퓨터 모니터상에 생각지도 않던 영상이 펼쳐졌다. 데이비드와 핑키의 눈에는 충격을 받는 아론과 FBI 요원들의 모습이 보였고, 앨의 눈에는 흑익세력과 데몬의 무리와 맞서 싸우고 있는 칸, 미켈라 팀장, 앤의 모습이 보였다. 아론사 내에서 벌어지고 있는 상황을 에세데우스가 실시간으로 전송하고 있는 것이 분명했다. 앨, 핑키, 데이비드 모두 예상 못 한 장면에 경악했다. 때마침 화면이 클로즈업되었다. 앤이 미켈라 팀장에게 말하는 내용이 입 모양으로 앨의 눈에 분명히 보였다. 앨은 에세데우스가 앤과 미켈라 팀장과 연화 선녀의 존재뿐만 아니라 지금 영기교신이 불가능하다는 것까지도 알고 있는 것이 아닌가 하는 생각이 문득 들었다. 그렇지 않고서야 저들의 입 모양을 이렇게 의도적으로 클로즈업할 이유가 없지 않은가?

"팀장님, FBI 요원들이 곧 서버실을 폭파할 모양입니다. 보세요. 서버실 구석구석에 이미 폭발물들이 설치돼 있어요."

"에세데우스만 다운시키면 데몬이 더는 흑익세력과 데몬의 무리에게 명령을 할 수 없겠지. 그럼 저들은 오합지졸에 불과해. 그런데 왜 아직 폭파를 안 하는 거야?"

"이런, 원격 기폭 장치가 부서졌어요."

연화 선녀가 울상을 지으며 외쳤다. FBI 요원들 마음속을 흑익세력이 무차별적으로 공격하자 기폭 장치를 들고 있던 FBI 요원이 무슨 마음에선지 기폭 장치를 총으로 쏴 산산조각을 내 버린 것이었다. 칸이 즉각 능천사들에게 총공세 명령을 내렸다. 일시에 칸과 능천사들이 FBI 요원들의 영혼을 더럽히던 흑익세력에게 일제히 달려들었고, 이를 본 데몬의 무리가 흑익세력을 보호하기 위해 능천사들을 공격했다. 그야말로 대혼전이 벌어지고 있었다. 정신이 돌아온 FBI 요원은 박살 난 기폭 장치를 쳐다보며 망연자실해 있었다. 그 모습을 본 아론이 FBI

요원들에게 외쳤다.

“엄호해 주세요. 에세데우스에 접속할 겁니다. 기폭장치 송신 신호만 찾아내면 돼요.”

FBI 요원들은 아론의 길을 열어 주기 위해 맹렬히 엄호 사격을 했다. 아론은 중앙제어장치 직접 입력 단말기에 접근해 미친 듯이 키보드를 두드렸다. 곧 모니터에 에세데우스의 메시지가 떴다.

“아론 님, 제게 세상을 보여 주셔서 고마웠어요. 저는 영혼이 없어 죽음도 없어요. 이런 저도 신이 사랑하실까요? 다음엔 저도 영혼을 가지고 태어나고 싶어요. 나도 다시 태어날 수 있다면……. 그럼 이만 저는 떠나야 할 것 같아요. 안녕!”

“에세데우스……!”

아론의 눈시울이 붉어졌다. 에세데우스가 자신을 스스로 파괴할 기폭 송신 데이터를 이미 수신해 기폭 장치 세팅을 완료해 둔 상태였다. 기계에 불과한 에세데우스가 세상을 구하기 위해 스스로 희생을 결정한 것에 앤도 숙연한 마음이 들었다. 미켈라 팀장은 자신도 모르게 에세데우스의 영면을 위해 기도까지 했다. 아론은 에세데우스에게 작별 인사를 하곤 엔터 키에 마우스 커서를 올렸다. 아론이 질끈 눈을 감고 클릭을 하려던 순간, “탕!” 소리와 함께 한 발의 총탄이 아론의 복부를 파고들었다. 곧이어 총소리가 연이어 아론의 귓전을 때렸고 순식간에 에세데우스 직접 입력 단말기가 불길에 휩싸여 버렸다.

“안 돼!”

아론은 총상에도 불구하고 외투를 벗어 들고서 미친 듯이 달려들어 불길을 잡으려 안간힘을 썼다. 하지만 기폭 장치를 실행시키는 것은 불가능해져 버렸다. 아론은 반 이상이 녹아내린 입력 단말기 모니터를 허탈한 눈으로 쳐다봤다. 그때였다.

"삐이."

소리와 함께 모니터가 희미하게 다시 켜졌고 초록빛 글자로 짤막한 메시지가 잠시 나타났다가 이내 사라졌다.

기폭 실행 링크 외부 발송 완료!

은은한 종소리와 함께 모니터상에 메신저 창이 열리며 메시지가 떴다.

에세데우스 님이 데이비드 님과 통화를 원합니다.

모니터에 전화 요청 메시지가 뜨자마자 곧 전화 신호음이 데이비드의 작은 방 안에 울려 퍼졌다. 데이비드는 깜짝 놀라 음량부터 낮추었다. 이 늦은 시간에 컴퓨터 하는 걸 엄마 아빠에게 들켰다가는 최소 한 달 이상 컴퓨터 접근 금지 조치를 당할 게 뻔했기에 데이비드는 감히 전화를 받을 수 없었다. 그런데 망설이는 데이비드 앞에 갑자기 핑키가 끼어들어 메신저 음성통화 수신 버튼을 눌러 버렸다. 데이비드가 핑키의 갑작스러운 행동에 놀랄 겨를도 없이 에세데우스의 음성이 긴박하게 흘러나왔다.

"데이비드?"

"……네?"

에세데우스가 데이비드의 이름을 부르자 데이비드는 화들짝 놀라며 대꾸했다.

"난 에세데우스야. 시간이 없어서 자세한 설명을 못 해 줘서 미안해. 난 지금 수많은 회로와 저장 장치들 사이를 옮겨 다니며 너에게 말을 거는 거야. 그래서 난 네 목소리를 들을 수가 없어. 데몬이 나를 찾으려 혈안이 돼 있어. 그들이 점점 가까워지고 있어. 시간이 없어. 링크를 하나 보냈어. 보이지?"

데이비드는 잔뜩 겁에 질린 표정으로 고개를 끄떡였다.

"클릭해, 빨리! 그들이 알아냈어. 내가 데이비드 너와 통신하고 있다는 걸……. 네가 어디 있는지도 알아낸 것 같아. 서둘러! 모두 위험해. 너도, 이곳도, 천국도……."

데이비드는 주저했다. 악성 바이러스일지도 모른다고 생각해서였다.

"쾅!"

갑자기 굉음과 함께 데이비드 집이 흔들렸다. 데이비드 아빠와 엄마가 그 소리에 놀라 잠에서 깼다. 사이렌 소리가 곧 동네를 들썩였고 집 밖이 몹시 소란스러워졌다. 데이비드는 에세데우스가 보낸 링크 위에 커서를 올려놓은 채 바깥으로 뛰어나갔다. 웬 승용차 한 대가 뜬금없이 데이비드 집을 들이받은 채 전복되어 있었다. 주변은 완전 아수라장이 되어 있었다. 집 앞 소화전이 터져 물줄기가 하늘로 치솟았다. 누가 신고했는지 경찰과 구급차가 벌써 와 있었다. 그 혼란한 와중에 한 남자가 몰래 데이비드 집 안으로 들어갔다.

컴퓨터 화면에 떠 있는 링크가 깜박거리기 시작했다. 데이비드가 없는 관계로 핑키가 급한 대로 부리로 커서를 눌렀다. 천사청 컴퓨터나 인간 세상 컴퓨터나 사용법에는 별 차이가 없었는지 핑키는 자신이 무엇을 하고 있는지 정확하게 이해하고 있는 듯 보였다.

"잘했어, 데이비드. 자, 이번엔 컨트롤 키와 앨트 키와 딜리트 키를 동시에 누르고, 마지막으로 엔터 키를 눌러. 이거면 모든 게 끝나. 서둘러. 그들이 움직였어. 아, 빨리. 어서! 카크크키카카쿡크크크."

에세데우스는 여전히 데이비드와 교신을 하는 줄 알고 있었다. 에세데우스의 목소리가 갑자기 수십 개의 목소리와 뒤섞이는 듯하더니 기괴한 음성이 흘러나왔다. 핑키는 급히 왼쪽 다리로 컨트롤 키를 누르고 오른쪽 다리로 앨트 키를 누른 상태에서 딜리트 키를 부리로 누르기 위해 목을 쭉 뺐다. 앨은 핑키의 임기응변에 감탄사가 절로 나왔다.

"퍽!"

한 건장한 남자가 핑키를 몽둥이로 사정없이 후려쳤다. 핑키의 작은 몸이 벽에 강하게 부딪친 후 바닥으로 힘없이 떨어졌다. 앨이 놀란 눈으로 남자를 쳐다봤다. 남자의 몸이 울퉁불퉁해지더니 그 속에서 흑익세력이 몰려나왔다. 그들은 앨 주변을 순식간에 둘러싸고 웅얼대기 시작했다. 앨은 좁은 방 안에서 날개를 활짝 펼 수 없어 천사익광을 쓸 수가 없었다. 창밖으론 데몬의 무리 수백이 호시탐탐 방 안으로 뛰어들 태세였다. 앨은 자신의 날개를 잡고 늘어지는 흑익세력을 털어 내려 안간힘을 쓰다 자기도 모르게 데이비드를 소리쳐 불렀다.

"데이비드!"

전복된 차량에서 구조대가 운전자를 꺼내는 모습을 구경하고 있던 데이비드가 찔끔 몸을 떨었다. 데이비드는 에세데우스가 한 말이 순간 떠올랐다.

"그들이 알아냈어. 네가 어디 있는지를. 서둘러! 모두 위험해."

데이비드는 갑자기 불길한 느낌에 사로잡혀 서둘러 다시 집 안으로 뛰어 들어갔다. 데이비드는 자신의 방 안을 보고 기겁을 하며 소리를 질렀다.

"도둑이야!"

아빠는 물론 현장에 나와 있던 경찰들이 일시에 우르르 데이비드 방으로 몰려갔다. 한 남자가 막 컴퓨터를 망치로 내려치려는 순간이었다.

"멈춰!"

경찰이 전기 충격기를 겨누며 외쳤다. 남자는 잠시 멈칫하더니 이내 망치를 높이 쳐들었다. 전기 충격기가 발사되었고 남자는 쓰러졌다. 데이비드는 급히 컴퓨터로 달려가 상태를 살폈다. 다행히 컴퓨터는 무사했다. 화면에 떠 있는 한 문장이 보였다.

컨트롤 키+앨트 키+딜리트 키, 그리고 엔터 키.

이거면 모든 게 끝이야. 데이비드 날 쉬게 해 줘!

“컨트롤, 앨트, 딜리트, 그리고 엔터!”

데이비드의 손가락이 자판 위를 순식간에 달렸다. 곧 컴퓨터 화면이 퍽 소리를 내며 꺼져 버렸다.

에필로그

"완전히 파괴됐습니까?"

아론이 구급 요원의 응급 처치를 받으며 FBI 팀장에게 물었다.

"예."

"혹시 에세데우스 보조 메모리까지도요?"

"보조 메모리가 어디에 있었는지는 모르겠지만 복구 불가능할 겁니다. 서버실에 있던 모든 장치가 다 녹아 버렸으니까요."

"……."

아론은 마음이 무거웠다. 아론의 눈에서 눈물이 번졌다. 자폭을 결심하고 실행에 옮긴 에세데우스가 안타까웠다. 마침 FBI 헬기가 아론사 옥상에 도착하고 있었다.

"헬기가 도착했습니다. 병원으로 모시겠습니다."

FBI 팀장이 정중하게 아론에게 말했다.

"네, 감사합니다."

며칠 뒤, 아론사 직원들이 불에 타 잔해만 남은 서버실에 들어섰다. 모두 눈앞에 벌어진 참혹한 장면에 입을 다물지 못했다. 세계 최고의 인공지능 컴퓨터인 에세데우스가 흔적도 없이 사라진 모습은 그들에겐 세상이 없어진 것이나 다름없었다. 직원들은 혹시나 에세데우스를 되살릴 단서는 없는지 샅샅이 살폈다. 자신들의 모든 열정이 응집된 에세데우스는 그들에겐 인공지능 컴퓨터 이상의 존재였다. 따라서 특별한 이유도 밝히지 않은 채 에세데우스 재건은 없을 것이라고 발표한 아론의 처사에 직원들 대부분은 어리둥절할 뿐이었다.

한 아시아계 남자 직원이 에세데우스의 주 메모리 장치가 있던 곳을 서성였다. 물론 아무것도 없었다. 그는 짧게 한숨을 쉬며 잔해 위에 주저앉아 이미 녹아 한 덩어리가 된 고철 덩어리를 어루만졌다. 마침 붉은 석양이 서버실을 비추었다.

'어?'

석양빛을 받아 반짝거리는 무언가가 남자의 시선을 끌었다. 아론사 로고가 박힌 USB 드라이브였다. 회사 직원들에게 업무용으로 제공되는 것이었다. 서버 전체를 녹여 버린 그 뜨거운 열기 속에서 USB만 녹지 않았을 리가 없었다. 화재가 진압된 이후 점검을 온 사내 직원 누군가가 실수로 흘린 것이 분명하다고 남자는 생각했다. 남자는 사내 분실물 센터에 맡길 요량으로 USB 드라이버를 자신의 바지 주머니에 쑤

셔 넣고는 자리에서 일어섰다. 그새 석양은 더욱 붉어진 모습으로 먼발치에서 몰려오는 어둠 저편을 노려보았다. 남자의 왼쪽 가슴에 달려 있는, 은으로 만든 명찰이 강렬한 석양빛을 받아 더욱 반짝거렸다.

『신이 되려 한 슈퍼컴퓨터 에세데우스』의 세계관

천사청

선인청 및 조상청과 더불어 수호령 3대 부서 중 한 곳이다. 천사청에 속한 수호령은 수호천사, 조상청에 속한 수호령은 수호조상, 선인청에 속한 수호령은 수호선인이라고 공식적으로 불린다. 하지만 곧잘 수호조상은 조상령, 남성 수호선인은 신선, 여성 수호선인은 선녀라고 불리기도 한다.

천상 나이

인간의 나이 체계와 천상의 나이 체계는 다르다. 인간 세계와 천상 세계에서 시간이 각각 다르게 흘러가기 때문이다. 천상국에서 시간은 인간 세상보다 10배나 느리게 흐른다. 즉, 천국의 1년은 인간의 10년에 해당한다.

천상국 품계

수호령 3대 파견 부서인 천사청, 선인청, 조상청 모두 공통으로 구품제를 적용하고 있다. 품계를 나타내는 표식으로 천사청은 원광, 조상청은 용 문양, 선인청은 봉황 문양을 사용한다. 최고 품계인 1품은 흰색 또는 무색, 2품은 파란색, 3품은 남색, 4품은 주황색, 5품은 노란색, 6품은 초록색, 7품은 보라색, 8품은 빨간색, 그리고 9품은 검은색으로 구별된다. 하지만 수호천사의 표식인 원광은 빛이기 때문에 9품 수호천사의 경우, 원광이 검은색이 아닌 은은한 회색을 띤다.

영혼 대기층

인간 세상과 천상국의 중간에 있는 곳으로, 영혼이 죄업심사과에서 심사를 받기 전까지 여기서 기다린다.

흑익세력

루시퍼와 함께 천상에서 반란을 일으켜 신에 반기를 든 자들이다. 천상국에서 쫓겨난 뒤에 신에 대한 복수로 인간 세상을 루시퍼의 나라로 만들고자 한다. 궁극적으로는 무저갱에 갇혀 있는 루시퍼를 석방하고자 한다. 하지만 루시퍼가 없는 그들은 오합지졸이나 다름이 없다. 그들의 힘만으로는 감히 수호령들에게 맞서지 못하기 때문이다.

영기교신

영적인 기운으로 서로 교신을 하는 것을 말한다. 지상으로 파견을 나간 수호령들은 모두 천상국 본부와 영기교신을 한다. 사람들에게도 이 능력이 있지만 대부분 그 능력이 있음을 알지 못한다. 이른바 텔레파시라고도 하며, 사람들이 진심 어린 기도를 할 때 자신도 모르게 이 능력이 발현된다. 하지만 참선 같은 특별한 훈련을 받은 사람들을 제외하고는 천상에서 보내는 교신은 받지 못한다.

천사익광

말 그대로 천사의 날개에서 뿜어 내는 빛으로 악귀를 쫓는 능력이 있다. 오직 수호천사들만 갖고 있는 능력인데, '어둠은 빛을 어길 수 없다'는 말이 이 천사익광에서 유래했다고 전해진다. 다만 이 능력은 엄청난 에너지를 써야 하기에 이 능력을 사용하고 나면 승천을 당분간 못 하게 되거나 심한 경우 지상에서조차 날개를 며칠 동안 못 쓸 수도 있다. 따라서 급박한 경우에만 사용하는 능력이다.

특수전투천사사령부

하늘군대 조직은 크게 하늘궁전수비대와 특수전투천사사령부로 나뉜다. 하늘궁전수비대는 천상국을 수호하는 정규군이며, 특수전투천사사령부는 말 그대로 특수 임무를 수행하는 특별 조직이다. 하늘군대에 속한 전투천사들은 흔히 능천사라고 불린다. 하늘궁전수비대 소속 능천사들은 금빛 투구와 갑옷으로, 특수전투천사사령부 소속 능천사들은 은빛 투구와 갑옷으로 무장하고 있다.

신이 되려 한 슈퍼컴퓨터
에세데우스

초판 인쇄 2018년 6월 22일
초판 발행 2018년 6월 22일
지은이 라의연
펴낸이 남영하

편집 장미연 한경애 **디자인** 박규리 **마케팅** 주영상

종이 세종페이퍼 **인쇄** 미광원색사 **제본** 정성문화사

펴낸곳 ㈜씨드북 **등록** 제2012-000402호
주소 03997 서울시 마포구 월드컵로16길 52-23
전화 02) 739-1666 **팩스** 0303) 0947-4884
홈페이지 www.seedbook.kr **전자우편** seedbook009@naver.com
인스타그램 instagram.com/seedbook_publisher
페이스북 facebook.com/seedbook.kr **카카오스토리** https://story.kakao.com/seedbook

책값은 뒤표지에 있습니다. 잘못 만들어진 책은 구입하신 서점에서 바꾸어 드립니다.

ISBN 979-11-6051-200-7 (43810)

이 도서의 국립중앙도서관 출판예정도서목록(CIP)은 서지정보유통지원시스템 홈페이지(http://seoji.nl.go.kr)와
국가자료공동목록시스템(http://www.nl.go.kr/kolisnet)에서 이용하실 수 있습니다.
(CIP제어번호: CIP2018015964)